READERS

读者®

名人堂·港台风

遇见
更好的自己

读者杂志社 / 编

读者出版传媒股份有限公司
敦煌文艺出版社

图书在版编目（CIP）数据

《读者》名人堂港台风. 遇见更好的自己 / 读者杂志社编 .-- 兰州 ：敦煌文艺出版社，2015.4（2022.12 重印）
ISBN 978-7-5468-0828-4

I. ①读… Ⅱ.①读… Ⅲ.①散文集—中国—当代
IV. ① I267

中国版本图书馆CIP数据核字（2015）第082213号

遇见更好的自己

读者杂志社　编

责任编辑：侯君莉

封面设计：粉粉猫

敦煌文艺出版社出版、发行

本社地址：（730030）兰州市城关区读者大道 568 号

本社邮箱：dunhuangwenyi1958 @ 163.com

本社博客（新浪）：http://blog.sina.com.cn/lujiangsenlin

本社微博（新浪）：htp://weibo.com/1614982974

0931-8773084（编辑部）　　0931-8773235（发行部）

北京市兴怀印刷厂印刷

开本 787 毫米 ×1092 毫米　1/16　印张 17　字数 260 千

2015 年 8 月第 1 版　2022 年 12 月第 2 次印刷

印数：15001～25050

ISBN　978-7-5468-0828-4

定价：29.80 元

前　言

　　《读者》杂志三十年风雨兼程，成为"中国人的心灵读本"，这得益其在精神领域的耕耘与建构。这一点，在二〇一五年第一期全新彩版的卷首语上，社长、总编辑富康年先生说得很透彻，"《读者》更愿意成为一座明亮的灯塔，守望、梳理、传播那些容易被遗忘，却值得被沉淀的信念和价值观，希望这座灯塔能提醒所有匆匆的步履，在浮躁的社会中，精神不能盲从，灵魂不能走失，信念要有所坚守。哪怕周围的世界再复杂，我们也要保护好内心的善良和温暖"。

　　著名作家余秋雨先生曾评价说："《读者》的大多数篇目，挖掘出了许多普通人蕴藏在心底的点滴美好。这些美好并不壮丽却纯净得不掺杂质，因此可以一篇篇、一期期地再拿起，组成一个独立的精神天地。"

　　然而，这一篇篇能够挖掘出普通人蕴藏在心底的美好文章，皆出自各派优秀作家之手。日复一日，年复一年，《读者》已积累大量的名人名篇，这些篇章被分散到不同年份里的每月两期中。正如余秋雨先生所说："我们可以一篇篇、一期期地再拿起，组成一个个独立的精神天地。"

　　《〈读者〉名人堂》系列丛书便以此为引，将 30 年来出现在《读者》上的名家进行分类，并精选各流派中颇具影响力的名家及其文章，以飨读者。

其中，《〈读者〉名人堂·潮流派》精选时下颇具影响力的青年与影视圈的名作家。纵观各大网站的图书排行榜，越来越多的青年作家直逼榜首，他们所创造的成绩正在不断刷新记录，新生代的力量早已不可小觑。"潮流派"将男、女作家的文章编为两册。

《〈读者〉名人堂·港台风》精选港台地区的名作家。这些老牌的港台作家，在挖掘人性的同时又展现有别于大陆的人文风貌。翻开以女作家为代表的《遇见更好的自己》和以男作家为代表的《那些年，青春正红》，便可一探究竟。

《〈读者〉名人堂·世界潮》则是搜罗多年来出现在《读者》杂志中，曾获得诺贝尔文学奖，以及其他国际大奖的名作家所撰文章。诺贝尔文学奖堪称文学创作者的最高荣誉，将这些文学大家集结在一起，可一睹世界文学潮流的风采。这个主题分两册出版。

《〈读者〉名人堂·智慧光》将出版两册，文章多为国学大师和哲学家所撰。中华文化博大精深，所谓国学，其实已经包括了中国古代的思想、哲学、科学、技术、历史、经济及书画、音乐、术数、医学、星相、建筑等诸多方面。国学大师更是集智慧与才华于一身，这批人是传承中华文化精髓的重要人物。

《〈读者〉名人堂·文艺范》结集出版一册，主要精选当代著名作家，即"五四"运动之后涌现的一大批优秀的中国作家。他们是一代具有独立思想的自由作家，他们的出现使中国当代文学呈现真正的繁荣，达到有史以来最鼎盛的局面。

《〈读者〉名人堂·复兴梦》精选近现代著名作家，也就是鸦片战争至"五四"运动前夕的文学大家。这一时期是中国现代文学的孕育期，该时期的作家在文学创作上起着承前启后的作用，反映了中国文学挥别传统、重塑现代的精神追求，汇编成一册。

《〈读者〉名人堂》系列十册图书传承经典，是一部将文学发展史串联一线的名家合集。诚邀广大读者，一起分享中国大阅读时代中的尖端文化。

遇见更好的自己

目 录

第二辑　**写给幸福** ⋯⋯⋯⋯⋯⋯⋯⋯⋯⋯⋯ ▶**060**

（第五辑）泪珠与珍珠 ⋯⋯⋯⋯⋯⋯⋯⋯ ▶218

第一辑

白骆驼之爱

灯是人间第二个月亮

● 张小娴

　　我家的对面，有一幢漂亮的大厦，大厦的顶楼，住着一男一女，每天晚上7点多钟便准时回家。回家之后，他们会把落地玻璃窗前面的纱帘放下，然后亮起家里所有的灯。他们的灯特别多，有垂吊的、放在桌上的、沙发旁边的、墙角的、地上的。灯影透过纱帘，落在凡间。

　　我常常站在窗前，看他们的灯。在我视线所及之处，我看到的是一室的温柔，男人与女人，在灯下依偎。每一晚，我也希望他们别忘记开灯，用他们的灯来燃点漆黑的夜空。在最接近天空之处，灯与月辉映。灯是人间的第二个月亮。

　　后来有一天，这一男一女搬走了。新来的主人，并没有带来很多的灯。我窗外的夜空，从此寂寥。

　　灯在最冷的地方制造温暖，在幽暗的角落赐予光明。灯是书，装饰家里每一处。漂亮的灯，永不嫌多。我喜欢在家里放很多的灯，不同的心情，便开不同的灯。

　　大门外面的灯，是等我回家的灯。沙发旁的坐地灯，是寂寞的时候开的。阳台上的灯，是为夜空而开的。床边的灯，是用来回忆的。手头上有钱的时候，我会买灯。我喜欢坐地灯。别以为住的地方狭小就不能买坐地灯，光线能创造空间，使狭窄的地方变得宽敞。

　　想不到送什么特别的礼物给你喜欢的男人，我会提示你送他一盏床边灯。一盏灯，只要换个灯泡，就可以用一辈子。

　　送他一盏小灯，是要每夜照亮他的床边。当他在夜里醒来，不会迷失于黑暗。

　　送他一盏灯，因为他是你生命里的光源。自从有了他，你看到了世界最美好的一面。

　　送他一盏灯，因为你想念他。灯是永远的回忆，甚至可以是遗产。

　　灯是夜里一首温柔的歌，你不在他身边的时候，由你的灯来陪他。

　　有一天，他不爱你了。那么，分手的时候，你要送他一盏漂亮的灯，要他答应，好好照顾这一盏灯。从此以后，虽然睡在他身边的是另一个女人，在他床边的，却是你买的灯。当他在午夜里醒来，孤灯下，他可会想起你？可会怀念你？

　　听说，收到灯的人是幸福的。

　　如果有伤感，也是因为一盏灯在夜里唤起所有的回忆。🐝

谢谢你离开我

● 张小娴

曾这样想过：当我老了，身体衰败，我会带着所有的积蓄，与心爱的人住进瑞士湖边一座美丽的温泉疗养院，每天做些舒服的治疗和按摩，泡澡，洗温泉，吃些美味的料理。夏末的早晨在林中散步，飘雪的漫长夜晚坐到温暖的炉火边，静静地望着窗外的雪花。在人生最后的一抹黄昏，看尽湖光山色、迟暮与晚霞。

所有曾经痛彻心扉的离别，也痛不过人生最后的一场离别。到了这一天，从前的那些离别又算什么？有些离开，是为了使我们更好地走到生命的终点。

人的一生，要经历多少次离别，才能习惯身边的人来来去去，才能明白没有永远的相聚，也才能看淡世事变迁？

所有带着爱或者恨的离别，也是一次次痛苦的割裂。若做不到微笑道别、鞠躬离场，那么，是不是可以默然转身，憋住眼泪、鞠躬离场？谁叫你当初爱上了呢？总有一天，你会对着过去的伤痛微笑。你会感谢离开你的那个人，他配不上你的爱、你的好、你的痴心。他终究不是你命定的那个人。

这辈子，能够相守固然是好，无法相守，只是因为不适合。有些你爱过的人的确只是生命的过客，他在你生命里出现，是为使你学会珍惜和付出，使你终于知道这一生你想要的是什么。当时的坠落，换来的是日后的提升。

所有到不了头的恋爱终究是一种历练。那一刻，你的心碎了，溃不成军，却只能爬起来，擦干眼泪往前走。是有这么一个人，或者几个，爱得死去活来，只因为是他首先离开，是他首先告诉你，他不爱你了，而你却没有机会回头对他说这句话。既然这样，就当自己吃亏好了。

我们接受生命里的许多东西，甚至所有，终归会消逝，离开不也是一种消逝吗？损毁的会重建，新的会取代旧的，笑声会取代眼泪……直到有一天，这一切骤然终结，没有笑声，也再没有眼泪。

当你比现在老些，或是已经很老了，想起那个曾经离开你的人，想起那张在记忆里早已模糊了的脸，你会感谢他的离去，是他的离去给你腾出了幸福的空间。🐝

一段爱情，两个人成长

● 张小娴

写了那么多的爱情，总难免经常有人来问我同一个问题："为什么那么喜欢写爱情？"

爱情所占的比重，在人生的每个阶段都不一样，但它终究是人生的一部分。我写我从爱情里看到的那一部分人生，如此而已。

当你长大了，当你老了些，人生会有其他的追寻，那些追寻并不比爱情逊色，甚至高于爱情。可是，假使一个人从来没有追求过爱情，就像一个人没有童年，毕竟是有点寂寞吧？

一天，千帆过尽，明白了爱情不是人生的全部，甚至看到了爱情的虚幻，含笑承认你并不了解爱情，也看出了有如梦幻泡影的生涯，这也是一种领悟吧？

六道轮回，下辈子不一定能够做人，这辈子有缘相爱，说不定两个人来生双双做昆虫，可惜不是化蝶。就像我在《一段爱情，两个人成长》的序里写的，假使来生是蜜蜂，一只是蜂王，另一只是雄蜂，根据大自然的规律，那可怜的雄蜂，饱食终日，生存的唯一任务只是传宗接代，交配之后马上就死去，夫妻来生再见，只得一夜风流，多惨啊？

于这一生，以人类的形体，与你相遇相爱，是几生修来的福报？

我写爱情，是因为爱情让我了解人生，也是爱情让我了知无常。

是我爱的人让我虽然看到爱情的千古荒凉却也无法否认它的甜蜜，是我爱的人抚慰了我孤单的灵魂，圆满了我这一世的轮回。

一段爱情，两个人成长。无论是否能够跟你终老，那么投入地爱过彼此，流过那么多的眼泪，我们都长大了。✿

天涯的天涯（外一篇）

● 张小娴

世上有哪个地方，是你常常怀念的？

忙得天昏地暗的日子里，你很想直奔那儿喘一口气。

心灵枯竭的时刻，你会渴望逃到那个地方。

悲伤的时刻，你希望到那里疗伤。

快乐的时刻，你想到那里吃喝玩乐。

在天涯的天涯，有这么一个地方，常常在你心里。

朋友说，她心里怀念的是意大利北部的湖区。那里有许多漂亮而有特色的小镇，游人不多，没有那不勒斯那么拥挤，很平静、悠闲，蛮有格调。

年轻时在巴黎待过的朋友，怀念的是巴黎，正如海明威所说："假如你够幸运，在年轻时住过巴黎，那么不管你身在何处，巴黎将永远跟着你，因为巴黎是一席流动的飨宴。"

有人怀念伦敦的湖区，甚至期望退休后可以长居那个地方。

在我曾经去过的所有天涯中，我怀念的是日本。

有一年，我一个人跑到东京，又去了伊豆半岛。时隔多年，我仍然怀念那时的一切。

我也怀念下雪的北海道和那一席美味的蟹宴。记忆里，甚至还留着登别温泉区里硫黄的气味。走不开的时候,越发思念那个遥远的国度,用思念来慰藉自己。

你的天涯又在哪里?

热恋

你怀念热恋的滋味吗?

有些人已经忘记了上一次热恋是什么时候,有些人感慨热恋的时光已经永远过去了。

当你享受着一段细水长流的爱情时,你不免贪婪地希望同时也享受热恋。有些人说,他们永远都在热恋之中。这是骗人的吧!感情多么好,也不可能每天都像热恋时一样。

热恋的时候,人是漂亮、帅气、容光焕发的,也是笨笨的。

多么平凡的男人,也会变得一表人才,身上的赘肉好像也突然不见了。因为有人倚靠,肩膀也会强壮起来,头发也会竖起来。无论男人或女人,这时都像脸上被打了耳光一样,数十尺之外,也让人目眩。

热恋中的男人,特别有自信。有了自信,口吃也变成口若悬河,做任何决定,都变得非常英明,就像流浪狗被收养了,从此有人爱了。

谁不缅怀热恋的时光?我们为了重寻热恋的感觉,甚至宁愿放弃原本拥有的一段感情。❀

白骆驼之爱

● 琼 瑶

亲爱的 e：

你们听过"白骆驼之爱"这个词吗？我相信你们没有听过，因为我也是在几天前才听说的。创造这个新词的，不是别人，正是《皇冠》的创办人——也是我的另一半，鑫涛。

我和鑫涛认识至今，已经37年了，结为夫妻，也已经21年了。在这漫长的岁月里，我对于鑫涛那不灵光的国语，始终没有习惯。两人之间，鸡同鸭讲，也是常有的事，他分不清"王与黄"，分不清"船与床"，分不清"舌与石"，分不清"曹与赵"……他的"分不清"，简直不胜细数。我曾经编了一个绕口令给他念，是这样两句话："有一条蛇，碰到一块石头，它就伸出舌头舔石头！"鑫涛经常奉命在全家人面前表演，为了让大家高兴，他只好清清嗓子，一本正经地念："有一条石，碰到一块石头，它就伸出石头舔石头！"于是，我们一家老小，全部笑得翻倒。

闲话休叙。有一天，鑫涛看着我，研究地、沉思地说："其实，你的小说，写的都是白骆驼之爱。"

"啊？"我惊愕地瞪大眼睛，"白骆驼？什么白骆驼？爱还有白骆驼和黑骆驼之分吗？"

"不是不是……"他有些着急，"不是白骆驼，是'百骆驼'！"

"啊？"我再问，"是百骆驼？那么还有千骆驼，万骆驼吗？"

"哎呀！怎么跟你说不清楚？"他瞪着我，"就是精神恋爱嘛！白骆驼式的爱情，你对肉体的爱，描写得少之又少。"

天啊！我这才恍然大悟，原来"白骆驼之爱"，说的是"柏拉图之爱"。他的发音不正确，成了"白骆驼之爱"。

我在大笑他的国语之后，开始认真思考。真的，我笔下的爱情，几乎都是"白骆驼之爱"。记得，我的一位朋友的女儿，曾经对我抗议地说："拜托，阿姨，你的那一套恋爱学，现在早就不流行了！那都是一些不存在的故事，太不写实了！现在是什么时代？ e 世代！我们很多同学，谈的是网络爱情，见第一次面，就可以上床，一夜情是很普通的事。第二天一拍两散，各走各的路，没有负担，也没有责任感那些，轻松愉快。现在什么都讲求效率，谁有耐烦心，慢吞吞地'谈'一场'轰轰烈烈'的恋爱？在你的小说里，还有人谈了一辈子，MyGod，饶了我吧！"

这位 e 世代的女孩，真给了我一记当头棒喝，让我狠狠地沮丧了一阵子。原来，现在的年轻人，流行一夜情，流行身体和情欲的彻底解放。我想，我笔下的爱情，应该早已被时间所淘汰了。可是，为什么我的书还有人看？我写的电视剧，也还能拥有观众？

到底，e 世代的女孩，你们还有人相信我的爱情故事吗？相信这个世界上，还有"身无彩凤双飞翼，心有灵犀一点通"那种爱吗？还有"两情若是久长时，又岂在朝朝暮暮"那种情怀吗？

白骆驼？那种动物，是不是已经快绝种了？

但是，我依然好崇拜、好喜欢"白骆驼之爱"啊！

我常常想，人类实在是个奇怪、奇怪，又奇怪的动物！

没有一种动物，会发明衣服这种东西。把那个长得不怎么高明的躯体包裹起来，用各种各样的服装，来美化那个"只有几撮毛的大肉虫子"。在动物界，这种行为，真是奇之又奇。所以，你不得不服：人类就是人类！

没有一种动物，会发明"文字"这种东西。让你从小就学会念书，受教育。

让你从一大堆的文字中，得到许多享受，更用文字，建造出一个想象不到的王国，让人沉溺其中，乐此不疲。这也是不可思议的发明。所以，你不得不服：人类就是人类！

没有一种动物，会发明"音乐"这种东西。这简直是个神话！各种乐器，几个音符，竟然可以让你悲，让你喜，让你歌，让你舞……让你陶醉，让你着迷！这种发明，实在太、太、太神奇了！所以，你不得不服：人类就是人类！

没有一种动物，会发明"医学"这种东西。延长上苍给你的寿命，治疗自然给你的疾病，改变年龄带来的退化，甚至，生来的缺陷，也可以修补。如果你不满意上帝给你的面孔和性别，也能利用医学，再创造一番！这种发明，已经不是伟大两个字可以形容！

所以，你不得不服：人类就是人类！

依此类推，没有一种动物，会发明"烹饪"；没有一种动物，会发明"建筑"；没有一种动物，会发明"艺术"；没有一种动物，会发明"科学"；没有一种动物，会发明"电脑"；没有一种动物，会发明"汽车、飞机、地铁"；没有一种动物，会发明"化妆品"；没有一种动物，会发明"戏剧"……简直说也说不完！

所以，你不得不服：人类就是人类！

我想，大概因为人类就是人类吧！所以，别的动物，只有性欲，人类，却还有"白骆驼"！我是无法了解一夜情的，我不知道那有什么美感？有什么价值？把人类降低到原始状态，只有动物的本能，那么，人类就不是人类了。在人类诸多的奇迹之中，白骆驼之爱，是奇迹中的奇迹！

写到这儿，你们一定以为我是个怪物，不食人间烟火，居然连性爱这么自然、强烈、刺激、狂欢……的享受，都给否决了？当然不是。我绝对绝对承认性爱的美妙。

只是，我的"性爱"，不只是肉体之爱，它包括了"白骆驼之爱"。我认为，人类最高的爱情境界，是"灵肉合一"的境界。要达到这个境界，就像看书前先要学会认字一样，赛跑前先要学会走路一样。"白骆驼之爱"，确是一条必经之路！

想想看，在你和异性交往之中，有许多的情景，是只能意会，不能言传的。如果你和他，能够一起为一首歌感动，为一首诗感动，为一幅画感动，为一本书感动，为天空的细雨、为黄昏的落日、为春夏秋冬的变换而感动。这些感动，需要时间，需要了解，需要耐心地培养。当这所有的感动聚集起来，像小溪流汇成大海，这大海的名字就叫"白骆驼之爱"。在这样的"海浪"中，再走到做爱那一步。于是，当肉体的结合，汹涌着精神上的眷恋，当肉体的奔放，惊涛骇浪般，淹没着彼此，浪潮里的朵朵浪花，都是心灵和心灵的投契。那时，你不用幻想你的性伴侣是李奥纳多，是汤姆·克鲁斯，是木村拓哉或是金城武。你会那么骄傲着，庆幸着，他是这亿亿万万人类中，唯一的那一个！属于你的那一个！于是，当你的身体和他的身体，当你的心灵和他的心灵，同时天崩地裂，达到万物俱无的那一刹那，像是天空中几万枚烟花同时爆发，像是全世界的交响乐队合奏着《欢乐颂》，那种境界，才是"高潮"。我想，没有别的动物，懂得"灵肉合一"，懂得享受"白骆驼之爱"。所以，你不得不服：人类就是人类！

亲爱的 e，我请求你们，试一试"白骆驼之爱"！享受一封情书带来的悸动，享受一种共鸣带来的狂喜，享受彼此深深了解带来的温馨，甚至，也享受一下"等待"带来的痛楚……这些，别的动物是绝对没有的。你既然已经接受了衣服、文字、音乐、医学、烹饪、建筑、艺术……这种种奇迹，为什么要放弃"白骆驼"呢？让它存在，让它和你的生命结为一体吧！

因为，你不得不承认，你不是普通的动物，你是人类！

你们对白骆驼之爱，有什么意见吗？我欢迎世代的女孩，来信讨论。夜深了，祝你们大家，都能找到"白骆驼"。虽然，就像徐志摩说的："我将于茫茫人海中，寻访我唯一灵魂之伴侣，得之，我幸，不得，我命。"这个"白骆驼"，也是可遇而不可求的！但愿，你们都有这份幸运！

❀

在水一方

● 琼 瑶

这是个动人的故事，故事发生在台北。

杜小双，是个不幸的少女。幼年，母亲就去世了。不久前，病魔又夺去了她父亲的生命。她成了孤儿。

父亲的挚友朱自耕收留了她，把她带回家中。在这个温暖的家庭中，她得到了亲人般的爱抚和照料，生活得非常快乐。

朱自耕有个儿子叫朱诗尧，在电视公司工作。他暗暗地爱上了杜小双，但他没有勇气向杜小双表示。他为自己是个跛子而自卑。为了掩饰自己内心炽烈的爱，他外表上对杜小双异常冷淡。他生活在痛苦的折磨之中。

杜小双具有良好的音乐素养，钢琴弹得很好。一天，她弹起她父亲生前谱写的一首歌：《在水一方》。这首歌颂男女爱情的歌曲优美动人，使朱诗尧陶醉了。

朱诗尧的妹妹朱诗卉是个活泼开朗的姑娘，她发现了哥哥心底的"秘密"，决心找机会帮哥哥的忙。她很喜欢杜小双，希望杜小双嫁给她的哥哥。

可是，事与愿违。朱诗尧一次次失去了表达的机会，而突然出现的另一个男性，却赢得了杜小双的心。

他叫卢友文，是朱诗卉男朋友的同学。卢友文是个有才华、有抱负的青年，他不屑于追求舒适的生活，立志要当一名作家。他超群拔俗的气质和才气横溢的谈吐，吸引了杜小双。两人倾慕之心油然而生。

杜小双和卢友文热恋着，两人的心里都充满幸福和憧憬。每天，杜小双都来到卢友文住处。能够为卢友文的写作做点什么，是她最大的快乐。

卢友文写作并不顺利，很多天了，也没有写成一篇东西。杜小双很崇拜卢友文，她认为，卢友文一定能写出好作品。

朱诗尧依然深深地爱着杜小双。为了把《在水一方》制作成"歌之林"电视节目，他倾注了许多心血。"歌之林"播放了，杜小双没有收看。当时，她和卢友文正在郊外游玩。朱诗尧非常难过。

隔了很久，"歌之林"节目又重播了，当杜小双无意中看到电视里播放《在水一方》时，感动极了，她又一次体会到朱诗尧诚挚的情感。她为自己无以回报而不安。

朱诗尧要给杜小双一笔钱，杜小双不肯接受。她有着强烈的自尊心，尽管她和卢友文生活很拮据，但她不愿意接受别人的施舍。当朱诗尧告诉她这是唱片公司支付的《在水一方》的版权费时，杜小双才收下。

朱诗尧不愿再掩饰自己的感情了，他向杜小双倾诉了自己对她的爱。杜小双告诉朱诗尧："我无法接受你的爱，因为，我已经接受了另一个男人的爱……这一辈子，我跟定了他。""杜小双，你结婚，你马上结婚！今生今世，我永远不要见到你！"朱诗尧咆哮了。

杜小双和卢友文结婚了，事先，他们没告诉任何人。朱家的人衷心祝愿他们美满幸福。奶奶拿出朱家的传家之物——一只玉坠子送给杜小双作为结婚礼物。

婚后，卢友文依然埋头写作，家庭开支和所有家务全由杜小双承担。不多的积蓄渐渐用光了，经济状况日见窘迫。

朱诗卉雪中送炭，给杜小双带去全家人凑的一笔钱，杜小双含泪收下了。朱诗卉还带来朱诗尧的一封信。杜小双坚决不收。她郑重地说："我嫁给卢友文，是因为我们深深相爱，跟着他，无论吃多少苦，我也心甘情愿。这一生，我决不做对不起我丈夫的事。"

回到家里，朱诗卉把信还给了朱诗尧，朱诗尧很失望。信封里是一张钢琴提货单。他知道小双急需钢琴，便用自己的全部积蓄买了一架。朱诗尧让人把钢琴送到杜小双家，杜小双无法拒绝了，只得收下。从此，她开始在家里教别人的孩子弹琴，挣点钱补贴家用。

卢友文写不出东西来，心情越来越烦躁。他嫌钢琴吵人，赶走了杜小双的学生，他嘲讽杜小双，说她眼光浅，只知道柴米油盐。杜小双感到非常委屈。

卢友文经常发火，每次发火之后，他又会后悔，一次次向杜小双道歉。最使杜小双伤心的是，卢友文总说是杜小双拖累了他，为了家庭生活，他要做牛做马，他哀叹自己的创作生命被扼杀了，结婚是莫大的错误。杜小双竭力忍让、克制。

杜小双快生孩子了，卢友文却经常彻夜不归。为了发泄自己心中的苦闷，他成了一个赌徒。在赌场，他一次次输掉了杜小双挣来的维持家用的钱。

这天，卢友文又输了，为了赌本，他抢走了杜小双的玉坠子。争抢之中，杜小双跌倒了，她被送进医院，而卢友文却一头钻进赌场。

朱家的人都赶到医院，凑钱为杜小双付了住院费。朱诗尧焦急万分，经过抢救，杜小双脱险了，她生下一个早产的男孩。

卢友文被叫到医院，望着病床上的妻子，他内疚了。他向杜小双忏悔，希望得到她的原谅。杜小双不愿理他，她的心已经冷了。

大家追问玉坠子，卢友文说已经输掉了。朱诗尧恨不得狠狠揍他一顿。

卢友文一再发誓，要用自己以后的行动来赎罪。杜小双终于原谅了他。她希望卢友文开始新的生活。

唱片公司要与杜小双签定长期作曲合同，约杜小双在一家夜总会会面。

谈完事情以后，朱诗尧鼓起勇气邀请杜小双跳舞。朱诗尧说："你知道，我从不跳舞，因为，我的腿有缺陷，使我觉得跳舞是件很痛苦的事。但是，今晚，你愿意帮我打破这份自卑吗？"

"我没跳过舞。"杜小双说。

"那么让我们一起开始这个第一次吧。"

杜小双接受了朱诗尧的邀请。

这一切，被暗中监视他们的卢友文看在眼里，他悻悻地离开了夜总会。

过了几天，朱诗尧来到杜小双家，商谈为电影配曲的事。卢友文借故大骂朱诗尧，说他破坏他的家庭，要去告他。朱诗尧忍无可忍，与卢友文打了起来。杜小双抱着孩子跑出家去。

杜小双在街头徘徊了很久，她想到了死，可她不忍心让怀中的孩子同她一起去死。最后她回到了朱家。

她再也不听卢友文的忏悔了，提出要和卢友文离婚。她感到，这是救她和卢友文的唯一办法。

卢友文不愿意离婚，恳求杜小双再给他一次机会。杜小双出人意料地表示，如果卢友文真能写出一部长篇小说，不管能否发表，她都可以和她破镜重圆。绝望中，卢友文看到了希望，他毅然在离婚书上签了字。

卢友文走了，离开了台北，到一个不为人知的地方去了。

朱诗尧希望杜小双和孩子在他家住下去，这样可以得到大家的照料。杜小双拒绝了，她搬出了朱家，独自开始了新的生活。

三年过去了，卢友文没有回来，也没有一点儿消息。三年来，朱诗尧时常关心、照顾杜小双母子。杜小双要他快点找个女子结婚，朱诗尧表示，他要一直等着她。

朱诗尧冒雨来到杜小双家，他给杜小双带来一个礼物。杜小双怎么也没有想到，朱诗尧带来的竟是卢友文三年前输掉的玉坠子。为了找回玉坠子，朱诗尧整整追寻了三年，杜小双感动极了。

朱诗尧几次向杜小双表示自己的爱，杜小双都没有接受。朱诗尧终于明白了，杜小双还在等着卢友文，她的心在卢友文身上。

朱诗尧向公司请假离开了台北，他决定为杜小双找到卢友文。朱诗尧终于打听到了卢友文的下落，卢友文住在高雄，他得了肝癌，活不了很久了。朱诗尧赶回台北，把情况告诉了杜小双，并给杜小双一张飞机票，让她尽快赶到高雄。

杜小双见到了卢友文。卢友文已经完成了他的长篇小说《平凡的故事》。他们破镜重圆了。

卢友文去世后，他的作品出版了。他在书的序中写道："我一直以为自己是个天才，终于，我知道自己是一个平凡的人。于是，我写下一个平凡的故事，献给深深爱我，而为我受尽伤害和折磨的妻子——小双。如果世界上真有不凡，那么，只有她还配得上这两个字。她——一个柔弱的女子，治好了两个残废！"❀

难民火车

● 琼 瑶

我不知道有没有人记得抗战时期的难民火车？我不知道坐过那火车的人能不能忘记那种经历？

我们离开那小乡镇后，翻过了一座荒山，就第一次看到了去桂林的难民火车！初听汽笛的狂鸣，初次看到那么多的人，车厢里，车厢顶上，车厢下面……人叠着人，人挤着人……我们兴奋得大叫。有火车，我们不必再走路了！有火车，我们就安全了！有火车，可以把我们带往四川！于是，我们爬上了车顶，挤进了人潮里。

在我记忆中，那难民火车有"上、中、下"三等位子。"上"位是高踞车厢顶上，坐在那儿，无论刮风、下雨、大太阳，你都沐浴在新鲜的空气中。白天被太阳晒得发昏，夜晚被露水和夜风冻得冰冷。至于下雨的日子，就更不用去叙述了。"中"位是车厢里面，想象中，这儿有车厢的保护，没有风吹日晒雨淋的苦恼，一定比较舒服。

可是，车厢里的人是地地道道地挤沙丁鱼，男男女女，老老少少，混杂在一个车厢中，站在那儿也可以睡着，反正四面的人墙支持着你倒不下去。于是，孩子们的大小便就地解决，车厢里的汗味、尿味、各种腐败食物的臭味都可以使人生病。何况，那车厢里还有一部分呻吟不止的伤兵和病患。"下"位是最不可思议的，如今回忆起来，我仍然心有余悸。在车厢底下，车轮与车轮的上面，有两条长长的铁条，难民们在铁条上架上了木板，平躺在木板上面，鼻子顶着的就是车厢的底，身侧轰隆轰隆旋转的就是车轮。稍一不慎，滚到铁轨上，就会被碾为肉泥。这，就是难民火车。我和父母还算幸运，我们在"上"位上找到了一块位置。我想，三种位子里还是上位最好。但是，当时选择车顶的人比选择车厢的人仍然少得多。因为车顶上极不安全，一根凸出的树枝可以把你扫下车子，电线可以挂住你，打个瞌睡，也可能滑下车子。所以，每个动作都要小心翼翼，坐好了就不能移动。我们有了"上位"，本以为是一段徒步跋涉的终止，谁知道，搭上了车，我们才发现高兴得太早。姑且不论坐在那种车顶上有多少限制和恐惧，那车子是烧煤的，阵阵煤烟，随风而至，车子开了没多久，我们也都成了黑人，而且被煤烟呛得咳个不停。再加上，时时刻刻，可以听到一阵惨呼或哭叫，使我们明白又发生了一件意料之内的意外。在一场大的战乱里，生命是那么渺小而不值钱。

过了没多久，我们又有个新发现，这难民火车并不是挨站停车，而是随时停车，高兴走的时候走，高兴停的时候停，停多久也不一定。因为燃料的不继，常常一停就停上好几小时，又因为火力的不足，常常会把整节车厢抛下来不顾了。我们就这样坐在车顶上，走一阵，停一阵，再走一阵，再停一阵……白天，黑夜，黎明，黄昏……一日又一日。

我们坐在那儿想弟弟，想未来，想那早就该到达而始终未曾到达的桂林城。母亲常常啜泣，我用手紧紧地环抱住母亲，父亲再用手紧紧地环抱住我们。父母和我都知道，我们再也不能分开。因而，在那几日搭难民火车的时间里，我们要下车就三个人一起下，要上车也三个人一起上，生怕车子忽然开走，又把我们给分开了。

这难民火车越走越慢，越停越久。我们相信，如果是步行的话，我们早已到了桂林。这火车的速度比步行还慢。可是，母亲的脚伤未愈，我的脚上更是伤痕累累，坐车总比走路好，所以我们也就一直搭着那列火车。

这样，我们居然又遭遇了奇迹！

这天早晨，车子又停了。和往常一样，停下来似乎就没有再走的意思。停了一个多小时以后，我坚持下车走一走，因为我又两腿发麻了。父母带着我下了车，怕那火车说走就走，我们沿着车厢，在铁轨边走来走去，活动着筋骨。就在此时，忽然有个声音大叫着："陈先生！陈先生！陈先生！"

我们循声看去，在一个车厢顶上，有位军人正对着父亲又挥手又挥帽子，大呼大叫。我们跑过去，那是个负了轻伤的兵！看来似曾相识，那军人上气不接下气地、急促地嚷着："陈先生，我是曾连长的部下！你快去找我们的连长，你家的两个娃仔，被我们连长找到了！"

不相信我们的耳朵，不相信我们的听觉。父母一时之间，竟呆若木鸡。然后，是一阵发疯般的狂喜及雀跃，父母忘形地大跳大叫，夹杂着父亲紧张、兴奋，语无伦次的询问声："真的，你亲眼看到吗？他们好吗？但是……但是……你的连长在什么地方？""连长在桂林！

他今天才去的桂林！你们去桂林找他！孩子们找到了！找到了！他们好好的！我亲眼看到的！"那军人和我们一样兴奋："快去桂林！快去！"

桂林！啊！桂林！父母相对注视了一秒钟，看了看那毫无动静的难民火车。同一时间，他们做了一个决定。他们对那军人感激涕零地嚷着："谢谢！谢谢！谢谢！"然后，父母一边一个，拉着我的手，我们放开脚步，就沿着铁路，向桂林城的方向狂奔而去。❀

妈妈，让不够优秀的我消失吧

● 琼 瑶

我十六岁了，苦涩的十六岁。

那年我读高一。课余时间，我埋首于图书馆，疯狂地阅读各种文学作品。我觉得，我那时对文学是一种饥饿状态，因此疯狂地吞咽中外名著。书看多了，思想也活跃起来，对人生的爱恨别离感觉特别敏锐。我常常想，生命的意义到底是什么？那时，父亲在师大教书之余，又开始演讲著述，忙得不得了。母亲又教书又忙家务，深夜还要帮父亲校对。他们实在太忙了，忙得没有时间来过问我的心路历程。我觉得寂寞极了。在学校里，我也有几个好朋友，但她们和我比起来，却天真多了。我满心满怀的热情无处发泄，满脑子的疑问得不到解答。

有一天，学校发给我一张通知书，要我拿回去给父母盖章。通知书的内容是：我的数学考了20分，要家长严加督导。拿着通知书回到家里，却发现我那处处比人强的小妹正坐在玄关处抱头痛哭，父母一边一个，在想尽办法安慰她。我不禁大惊，慌忙问发生了什么大事，以至于妹妹哭得这么厉害。母亲叹了口气，用充满怜爱与骄傲的语气说："她实在太要强了，她哭，是因为考了一个98分，没考到100分！"

　　我目瞪口呆，揣在口袋里的通知书简直无法拿出来。但是，老师要求明天一定要盖好章交回。磨磨蹭蹭，到了深夜，我终于拿了通知书去找母亲。母亲一看，整个脸色都阴暗了下去，她抬头对我说："你要我们做父母的拿你怎么办？为什么你一点都不像你妹妹？"我心中一阵绞痛，额上顿时冒出冷汗。我冲出房间，冲到夜色深沉的街头，伏在围墙上疯狂地掉眼泪。

　　当天晚上，我写了一封长信给母亲。这是我成长以来第一次这样坦率地向母亲告白。如今，我已不能完全记起信中的内容，只依稀记得有这么一段话："亲爱的母亲，我抱歉来到了这个世界，不能带给你骄傲，只能带给你烦恼，我却无力改变我自己，我真不知道该怎么办才好！但是，母亲，我从混沌无知中来，在我未曾要求生命以前，我就这样糊糊涂涂地存在了。今天这个不够好的我，是由先天、后天的许多因素，加上童年的点点滴滴堆积而成的。我无法将这个我拆散，重新拼凑，变成一个完美的我。因而，我充满挫败感，充满绝望，充满对你的歉意。所以，母亲，让这个不够好的我从此消失吧！"

　　写完这封信，我找到母亲的一瓶安眠药，把整瓶药吞了下去。当我醒来时，已经是一星期之后了。我躺在医院里，吊着点滴瓶。母亲坐在我的床边，紧紧握着我的手，睁着一对红肿的眼睛，一眨不眨地盯着我。我立即明白了：另一个世界还不准备收留我！张开嘴，我痛喊了一声："妈妈啊！"

　　母亲抱着我的头哭了。我也哭了。我们母女紧拥着，哭成一团。

　　母亲哽咽着说："凤凰，我们以前曾经一起死过又重生，现在，我们再一次一起重生吧！"我哭着点头，抱紧了母亲。

　　又过了一个星期，我出院回家。父亲买了一架古筝送给我，庆祝我的重生。我很少收到父亲的礼物，因此觉得特别珍贵。虽然我始终没学会弹古筝，却常常抱着那古筝，随意地拨弄。古筝的声音清脆，带着颤音，袅袅不绝。我每次拨弄古筝时，心里也震震颤颤、绵绵袅袅地浮漾着哀愁。✿

为什么需要人文素养

● 龙应台

我今天想讲的是年轻人要有什么样的人文素养。我来的原因很明白：今天你们大概二十岁，你们将来很可能影响社会。二十五年之后，当你们之中的诸君变成社会的领导人时，我已七十二岁，我还要被你们领导，受你们影响。所以先下手为强，今天先来影响你们。

人文是什么呢？我们可以暂时接受一个非常粗略的分法，就是文、史、哲三个人方向。

文学：使看不见的东西被看见。为什么需要文学？如果说，文学有一百种所谓功能，而我必须选择一种最重要的。德文有一个很精确的说法，machtsichtbar，意思是"使看不见的东西被看见"。我想，这就是文学跟艺术的最重要、最实质、最核心的一个作用。

我不知道你们这一代人熟不熟悉鲁迅的小说，让我们假想，如果你我是生活在鲁迅所描写的那个村子里头的人，那么我们看见的，理解的，会是什么呢？祥林嫂，不过就是一个让我们视而不见或者绕道而行的疯子。而在《药》里，我们本身可能就是那一大早去买馒头，等看人砍头的父亲或母亲，就等着要把那个馒头泡在血里，来养自己的孩子。

再不然，我们就是那小村子里头最大的知识分子，一个口齿不清的秀才，大不了对农民的迷信表达一点不满。

但是透过作家的眼光，我们和村子里的人生就有了艺术的距离。

在《药》里头，你不仅只看见愚昧，你同时也看见愚昧后面人的生存状态，看见人的生存状态中不可动摇的无可奈何与悲伤。在《祝福》里头，你不仅只看见贫穷粗鄙，你同时看见贫穷下面人作为一种原型最值得尊敬的痛苦。文学，使你看见。

我想作家也分成三种吧！坏的作家暴露自己的愚昧，好的作家使你看见愚昧，伟大的作家使你看见愚昧的同时，认出自己的原型而涌出最深刻的悲悯。这是三个不同层次。

文学与艺术使我们看见现实背面更贴近生存本质的一种现实，在这种现实里，除了理性的深刻以外，还有直觉对美的顿悟。美，也是更贴近生存本质的一种现实。

谁能够完整地背出一阕词？讲我最喜欢的词人苏东坡好了。谁今天晚上愿意为我们朗诵《江城子》？

十年生死两茫茫，不思量，自难忘。千里孤坟，无处话凄凉。纵使相逢应不识，尘满面，鬓如霜。

夜来幽梦忽还乡，小轩窗，正梳妆。相顾无言，唯有泪千行。料得年年断肠处，明月夜，短松岗。

这短短七十个字，它带给我们什么？它对我们的价值判断有什么作用？你说没有，也不过就是在夜深人静的时候，那欲言又止的文字，文字里幽渺的意象，意象所激起的朦胧的感觉，使你停下来叹一口气，使你突然看向窗外倏然灭掉的路灯，使你久久地坐在黑暗里，让孤独笼罩，与隐藏最深的自己素面相对。

但是它的作用是什么呢？如果鲁迅的小说使你看见了现实背后的纵深，那么，一首动人、深刻的诗，我想，它提供了一种"空"的可能，"空"相对于"实"。空，是另一种现实。我们平常看不见的、更贴近存在本质的现实。

哲学：迷宫中望见星空。哲学是什么？我们为什么需要哲学？欧洲有一种迷宫，是用树篱围成的，非常复杂，你进去就走不出来。

我们每个人的人生处境，当然是一个迷宫，充满了迷惘和彷徨，没有人可以告诉你出路何在。

就我个人而言，哲学就是我在绿色的迷宫里找不到出路的时候，夜晚降临，星星出来了，我从迷宫里抬头往上看，可以看到满天的星斗。哲学，就是对于星斗的认识，如果你认识了星座，你就有可能走出迷宫，不为眼前障碍所惑，哲学就是你望着星空所发出来的天问。

今天晚上，我们就来读几行《天问》吧：

天何所沓十二焉分日月安属列星安陈

何阖而晦何开而明角宿未旦曜灵安藏

两千多年以前，屈原站在他绿色的迷宫里，仰望满天星斗，脱口而出这样的问题。他问的是，天为什么和地上下相合？十二个时辰怎样划分？日月附着在什么地方？二十八个星宿根据什么排列？为什么天门关闭？为夜吗？为什么天门张开？为昼吗？角宿值夜，天还没有亮，太阳在什么地方隐藏？

基本上，这是一个三岁的孩子眼睛张开第一次发现这个世界上有天上这闪亮的碎石子的时候所发出来的疑问，非常原始。因为原始，所以深刻而巨大，所以人，对这样的问题，无可回避。

所以，如果说文学使我们看见水里白杨树的倒影，那么哲学，使我们能借着星光的照亮，摸索着走出迷宫。

史学：沙漠玫瑰的开放。我把史学放在最后。历史对于价值判断的影响，好像非常清楚。

鉴往知来，认识过去才能以测未来，这话都已经说烂了。我不太用成语，所以试试另外一个说法。

一个朋友从以色列来，给我带了一朵沙漠玫瑰。拿在手里，是一蓬干草，真正的枯萎，干的，死掉的草，很难看。说明书告诉我，这个沙漠玫瑰其实是一种地衣，针叶型，有点像松枝的形状。你把它整个泡在水里，第八天它会完全复活；把水拿掉的话，它又会渐渐干掉，枯干如沙。把它再藏个一年两年，然后哪一天再泡在水里，它又会复活。这就是沙漠玫瑰。

对于历史我是一个非常愚笨的、非常晚熟的学生。40 岁之后，才发觉自己的不足。写"野火"的时候我只看孤立的现象，就是说，沙漠玫瑰放在这里，很丑，我要改变你，因为我要一朵真正芬芳的玫瑰。

四十岁之后，发现了历史，知道了沙漠玫瑰一路是怎么过来的，我的兴趣不再是直接的批评，而在于：你给我一个东西、一个事件、一个现象，我希望知道这个事件在更大的坐标里头，横的跟纵的，它到底是在哪一个位置上。在我不知道这个横的跟纵的坐标之前，对不起，我不敢对这个事情作批判。

了解这一点之后，对于这个社会的教育系统和传播媒体所给你的许许多多所谓的知识，你发现，恐怕有 60% 都是半真半假的东西。

对历史的探索势必要迫使你回头去重读原典，用你现在比较成熟的、参考系比较广阔的眼光。重读原典使我对自己变得苛刻起来。有一个大陆作家在欧洲哪一个国家的餐厅吃饭，一群朋友高高兴兴地吃饭，喝了酒，拍拍屁股就走了。离开餐馆很远了，服务生追出来说："对不起，你们忘了付账。"作家就写了一篇文章大大地赞美欧洲人民族性多么的淳厚，没有人怀疑他们是故意白吃的。要是在咱们中国的话，吃饭忘了付钱人家可能要拿着菜刀出来追你的。

我写了篇文章带点反驳的意思，就是说，对不起，这可不是民族性、道德水平或文化差异的问题。这恐怕根本还是一个经济问题。比如说如果作家去的欧洲正好是二次大战后粮食严重不足的德国，德国侍者恐怕也要拿着菜刀追出来。这不是一个道德的问题，而是一个发展阶段的问题，或者说，是一个体制结构的问题。

写了那篇文章之后，我洋洋得意觉得自己很有见解。好了，有一天重读原典的时候，翻到一个畅销作家两千多年前写的文章，让我差点从椅子上一跤摔下来。我发现，我的了不起的见解，人家两千年前就写过了，而且写得比我还好。这就是韩非子的《五蠹》。

韩非子要解释的是：我们中国人老是赞美尧舜禅让是道德多么高尚的一个事情，但是尧舜王天下的时候，他们住的是茅屋，穿的是粗布衣服，吃的东西也很差，也就是说，他们的享受跟最低级的人的享受是差不多的。所以那个时候他们很容易禅让，只不过是因为他们能享受的东西很少，放弃了也没有什么了不起。但是"今之县令"，在今天的体制里，仅只是一个县令，跟老百姓比起来，他享受的权力非常大。用现在的语言来说，他有种种"官本位"所赋予的特权，他有终身俸禄、住房优惠、出国考察金、医疗保险……因为权力带来的利益太大了，而且整个家族都要享受这个好处，谁肯让呢？所以原因不是道德，不是文化，不是民族性，是什么呢？"薄厚之实异也"，实际利益，经济问题，体制结构，造成今天完全不一样的行为。

看了韩非子的《五蠹》之后，我在想，算了，两千年之后你还在写一样的东西，而且自以为见解独到。你太可笑，太不懂自己的位置了。

这种衡量自己的"苛刻"，我认为其实应该是一个基本条件。我们不可能知道所有前人走过的路，但是对于过去的路有所认识，至少是一个追求。

我想，文学、哲学跟史学的关系是：文学让你看见水里白杨树的倒影；哲学使你在思想的迷宫里认识星星，从而有了走出迷宫的可能；那么历史就是让你知道，沙漠玫瑰有它的特定起点，没有一种现象是孤立存在的。

素养跟知识有没有差别？当然有，而且有着极其关键的差别。我们不要忘记，纳粹头子很多会弹钢琴、有哲学博士学位。这些政治人物难道不是很有人文素养吗？我认为，他们所拥有的是人文知识，不是人文素养。知识是外在于你的东西，是材料、工具，是可以量化的知道；必须让知识进入人的认知本体，渗透他的生活与行为，才能称之为素养。人文素养是在涉猎了文、史、哲学之后，更进一步认识到，这些人文"学"到最后都有一个终极的关怀，对"人"的关怀。脱离了对"人"的关怀，你只能有人文知识，不能有人文素养。

对人文素养最可怕的讽刺莫过于：在集中营里，纳粹要犹太音乐家们拉着小提琴送他们的同跑进入毒气房。一个会写诗、懂古典音乐、有哲学博士学位的人，不见得不会妄自尊大、草菅人命。但是一个真正认识人文价值而"真诚恻怛"的人，也就是一个真正有人文素养的人，我相信，他不会违背以人为本的终极关怀。

二十五年之后，我们再来这里见面吧。那个时候我坐在台下，视茫茫，发苍苍，齿牙动摇；意气风发的你们坐在台上。我希望听到的是你们尽其所能读了原典之后对世界有什么自己的心得，希望看见你们如何气魄开阔、眼光远大地把我们这个社会带出历史的迷宫——虽然我们永远在一个更大的迷宫里——并且认出下一个世纪星空的位置。

可以原谅，不可以遗忘

● 龙应台

六十七岁的老麦在克里夫兰住了四十年。从汽车厂退休下来，他就只管在院子里种花，偶尔带着一条老狗上街走走。孩子们都长大了，各自独立，只有老伴在家里烤烤蛋糕、烧烧菜。

提到老麦夫妇，邻居会说："啊，那对和气的老人！"

有一天，老麦突然被逮捕了。以色列专门追猎纳粹的政府部门说老麦在二战中是煤气房的管理工人，要求美国政府引渡到以色列当战犯审判。美国照办，所以老麦就不见了，离开了他住了四十年的家。

不但以色列有专门搜索纳粹的机构，美国也有。只要是四十年前和纳粹有过关系的，不论是遁逃南美的丛林或改名换姓匿居欧亚，天涯海角都会被搜出来，关进监狱中，面临审判。这种冤有头、债有主，找纳粹讨还血债的行为，不只是以色列犹太人的国家大事，也是欧美各国，尤其是巨无霸的美国所热切资助的。华德翰竞选奥国总统时，犹太人提出严重抗议与警告，指控他是一名纳粹，引起国际注目。这种种迹象都显示以色列国家虽小，犹太人的血债却近乎匹夫有责，人人都得热切关注。

犹太人在西方舞台上声音特别大，当然有许多原因。原因之一：犹太人财大势大，尤其在美国，不论是新闻、政治或经济，都有举足轻重的控制分量。原因之二：犹太人是弱者，没有其他民族（至少在西方人的观念里）受过那么多的苦难。原因之三：西方人有罪恶感，多少犹太人的苦难是西方人所造成的。

以色列出动的每一次逮捕，西方的报纸都要发出胜利的欢呼：又一个纳粹头子在南美被捕！以色列的发言人讲话像正义之声。同时刊出这万恶不赦的罪人的照片：啊，视茫茫，发苍苍，齿牙动摇，皮肤皱得像干橘皮，竟是个年近七旬的老人，眼睛里一片衰老的茫然。虽说四十多年过去了，他们怎能逃得了岁月的审判呢？

指挥大军作战的将军落网了，幕后作计划的参谋落网了，俯案写文书、贴布告的秘书落网了，还有，当年才二十出头的煤气房管理工人——老麦，也落网了。老麦爱焙蛋糕的老伴紧紧拥抱着老麦的照片，面对新闻记者，哭着说："他没罪呀！"

这究竟是怎么回事呢？以文明、成熟自诩的西方列强，很笃定地帮助以色列万里寻仇，连始作俑者的德国也闷声不响，表示默默地赞同。猎捕四十年前的纳粹似乎是文明国之间的国际公法，不容置疑。作为一个与犹太人毫无瓜葛、不怀歉疚的中国人冷眼旁观，却觉得这个西方人认为理所当然的现象，与我所了解的人性有很大的冲突。我所怀疑的，不仅在于惩罚一个近七十岁的老人究竟有什么意义。在一般的法律中，三十年前所犯的错误是不必追究的。三十年的流水光阴中，年幼的长成，年长的凋谢，大概也足够使受伤的痊愈、作恶的忏悔。三十年，大概也足够使埋藏罪孽的泥土，抽长出新生的希望。可是犹太宗教着重"以眼还眼，以牙还牙"；四十年的旧恨一如昨日的新仇。这笔血海深仇，哪管八十岁或者九十岁，只要一口游丝气还在，就是惩罚的对象。这是一本人生字典，里面独缺"宽恕"的词汇。

我想问的，倒不在于为什么在同一时候遭受极大残害的中国人，不曾像犹太人一样成为捕猎战犯的债主？没有听说过美国或是法国帮助中国人，在东亚的丛林中搜索当年的日本将军、日本参谋、日本秘书。

更没听说过美国将一个已经入籍美国四十年的公民引渡到中国受审，因为他曾经在南京大屠杀的日军营中担任厨师，或者守仓库的管理员。我想问的，倒也不在于这奇怪的双重标准，不在于人们对这双重标准的视而不见。

最令我不安的，毋宁是一个哲学上的问题：人，究竟可以为他自己的行为负责到怎样的程度？

一个刽子手的责任，在看准了头颈的分寸，一刀砍下，让鲜血喷起，人头落地。被杀的人究竟有罪或者冤枉，不是刽子手的事情。甚至于即使他明明知道眼前跪着的人其实无辜，也没有人会指责刽子手为凶手。我们可以说，刽子手只是奉命行事，做一天和尚当然就得撞一天钟。应该负责的，是判官；或者，是那个不健全的审判制度；再抽象一点，我们不妨这么说，错在那个封建的社会。

要渺小的个人负起责任是不公平的，个人只是"制度"这巨大机器中一个看都看不见的螺丝钉，机器在制造杀人的武器还是救人的工具，不是螺丝钉的责任。

可是，也有人认为人有充分的自主权，做不做螺丝钉都是自由意志的选择。既然是自由选择，个人就必须为他所做的选择担负后果。刽子手若明知冤命，而又不舍刀他去，那么他就成为凶手之一，因为他默许冤死的存在；而默许，就是促成。

里根为了打击卡扎菲，编造了一些假的新闻，由白宫发言人对世界宣布。谎言揭穿之后，国务卿的助理发言人 BernardKalb 面对满室新闻记者，当场辞职。当工作与良知相抵触时，六十四岁的 Kab 说："我只能选择其中之一。"

选择了良知的发言人，显然拒绝做一枚随着机器运转的螺丝钉。相当能代表十九世纪美国浪漫思想的梭罗，对渺小的个人有着更高的要求。一八四六年，美国与墨西哥打仗，当一个美国士兵把刺刀戳进墨西哥士兵胸膛的时候，他很可以说：对不起了，但我只是奉命行事；

是我的政府贪图你的土地，挑起战事，造成你的枉死，但杀你实在不是我个人的责任。

梭罗说没有任何政治力量来对抗政府已作的决定，但是，他显然觉得个人对一场不讲公理的战争有负责的必要，他选择了拒绝缴税，表示拒绝做一枚被动的螺丝钉。对一个挥舞着刀、冲进墨西哥领土的美国士兵，梭罗等于在说：世界上没有"奉命行事"这回事。当工作任务与个人良知冲突的时候，你或者选择良知，即刻辞职退伍，后果也许是饿死；或者接受命令执行任务，那么你就是个凶手，没有自欺的余地。不管选择是什么，责任都在于个人。

当然，天真而浪漫的梭罗说，如果每个人都有高度自觉，拒绝做个不负责任的螺丝钉，那么那场不讲公理的仗也就打不成了。巨大的悲剧之所以发生，都只因为个人没有认清人的自主权，随波逐流，而流至不可控制的灾难。

没有任何人能以"奉命行事"作为无罪的借口，因为人唯一该奉的"命"是自己的良知。

犹太人布天罗地网，万里寻仇的狂热行为就可以有两种解释：一是"以牙还牙，以眼还眼"的实践；第二，就是犹太人也深信人必须完全为自己的行为负责。实际策划消灭犹太人的将领固然要血债血还，只是执行命令的军官也难逃其咎；受雇于纳粹的秘书、技工、管理员，更是帮凶。二十来岁的老麦，没受过太多教育，作为一个管理员，他每天的杂务之一，或许就是打开煤气开关，一板一眼把上司交待下来的工作做好。你可以说他是个奉公守法、恪尽职守的工人。可是，他打开煤气的那个小工作，达成的效果是一屋子惨死的老弱妇孺；换句话说，老麦是个奉公守法的刽子手。犹太人在四十年后要制裁他，等于是制裁他缺乏自觉，不曾做一个拒绝奉命的小子。上了贼船，为什么不跳海离开？不跳海，就是贼。

"不跳海，就是贼"的赏罚原则对人有高度的道德要求。首先，它要求一个人上了"贼船"要认得出这是艘"贼船",也就是说,人要有"众人皆醉我独醒"的洞悉是非真伪的智慧;其次,它要求人有"跳船"的勇气。认清贼船之后,即使不能英勇地把掌舵的暗杀了,或者放火烧船起义,至少要拒绝同流合污,毅然决然地跳船。

经过两次大战的现代人,其实一直在努力地维持清醒。他们一次又一次地受到操纵与蒙骗,一次又一次被带到毁灭的边缘。所以,已经有人开始睁开眼睛检视船行的方向。西方的反核战运动就是一种自觉运动,一向被动的人反过来希望主动地决定自己的未来,不让所谓领导人或狂热的群众牵着鼻子走。这代表一种觉醒与反抗,人试图塑造自己的命运,如果缺少这种觉醒与反抗,人恐怕早就在自己的愚昧中灭顶了。

然而,洞悉是非真伪的智慧,独善其身的果敢——究竟多少圆颅方趾的人有这两样条件?明辨真伪往往不只是智慧的问题。一个智慧极高的人可能生长在一个极权制度中,资讯受到封锁,教育受到歪曲与控制,神话、谎言作为洗脑的材料。通过统一编制的教科书、控制严格的报纸与电视、宣传标语、威吓利诱的手段,一个政府可以塑造人民的思想,像搓泥人一样,玩于股掌之间。在德国希特勒的民族主义热浪中,在日本军国主义的大趋势中,人人都是泥人,你要泥人怎么样跳出塑泥的大手掌去辨别客观的真伪呢?确实有些人,在举国欢呼"嗨,希特勒"的时候,清楚地冷眼洞悉隐藏在爱国狂热背后的危机,目击是非价值的颠倒,弃德国而去。这些人,毕竟是少数中的少数。大多数的人,即使动了疑心,也没有能力作独立的判断。一个当过红卫兵的人告诉我:"当时我们冲进教室把老师拖出来打得鼻青脸肿,逼他下跪,我心里觉得好像有点不对,可是大家都这么做,一副理所当然的样子,所以我也定了心,放心地去打。"人云亦云是人的常态,自我觉醒、反抗潮流,是人对自己较高的道德期许,一种理想的追求。

我想,老麦的逮捕之所以令我不安,是因为我发觉犹太人其实把觉醒与反抗这种高度的道德期许，当作审判人有罪或无罪的基本条件。有谁经得起这样的审判呢？譬如说，仁民爱物是一种道德理想，我们希望每个人都能努力以赴，可是，你不能因为一个人做不到仁民爱物的标准而判他十年徒刑；仁民爱物是一个道德的上限，必须当他碰到下限——譬如杀了人的时候，你才能惩罚他。误上了贼船的人，我们希望他有所觉醒，在"工作与良知"之间毅然有所抉择，跳海也在所不惜，但这又是一个道德的期许，不是判罪的标准。把上限的道德期许拿来作为判罪惩处的下限标准，岂不失之太苛乎？人，没有那么干净吧！

今天，如果发生了核子大战，五十年后，万一有人要追究责任，那么今日受雇于核厂的守卫该不该判刑呢？现在正在读核子研究所，即将成为工程师的学生该不该判刑呢？在国防部处理文书的打字小姐该不该受审呢？负责修护核厂的工人该不该受审呢？明明知道核战的危机却不曾参加过反核运动的我，该不该被逮捕呢？如果答案都是肯定的，那世上没有无罪的人；如果答案是否定的，那么为什么年近七十的老麦要面对审判？

德国人对犹太人的残酷暴行不应该只是犹太人的事，就好像日本人对中国人的残虐不能够只是中国人的事。地球村里的人要依赖彼此的正义感来绵延生命。我们教导下一代，也期勉这一代，要时时觉醒暴力的存在，诉诸良知，但是在人普遍地做到这一步之前（或许他永远做不到），惩罚做不到的少数人，这是不公正的报仇行为。经历过二战那样悲惨的教训，人所学到的不该只是报仇而已吧！

我问一个德国大学教师："德国人对猎捕纳粹的事没有讨论吗？没有意见吗？

他沉吟了一下，说："老一代的，心里觉得罪孽深重，在犹太人面前抬不起头来，所以沉默。年轻一代的，渐渐开始想反抗这种沉默的罪恶感，他们觉得那个时候还没出生，为什么我要觉得有罪？但是，还是没有什么公开的讨论，再过几年大概会有一种新的检讨和反应吧？"

怀着罪恶感与羞耻心的德国人，把他们犯罪的痕迹像博物馆一样保存起来。在有名的集中营"大壕"（Dachau）里，铁丝网、煤气房、监牢，狰狞地立着，一如恐怖的往昔。

德军用赤裸裸的犹太人作实验品的照片，一张张为人的兽性作见证，德国人是希望不要忘记自己的丑陋而重蹈覆辙。对血淋淋的历史，西方人的口号是：可以原谅，不可以遗忘。

犹太人不只没有遗忘，似乎也无心原谅。

中国人呢？❀

目 送

● 龙应台

　　华安上小学第一天，我和他手牵着手，穿过好几条街，到维多利亚小学。九月初，家家户户院子里的苹果树和梨树都缀满了拳头大小的果子，枝丫因为负重而沉沉下垂，越出了树篱，勾到过路行人的头发。

　　很多很多的孩子，在操场上等候上课的第一声铃响。小小的手，圈在爸爸的、妈妈的手心里，怯怯的眼神，打量着周遭。他们是幼稚园的毕业生，但是他们还不知道一个定律：一件事情的毕业，永远是另一件事情的开启。

　　铃声一响，顿时人影错杂，奔往不同方向。但是在那么多穿梭纷乱的人群里，我无比清楚地看着自己孩子的背影——就好像在一百个婴儿同时哭声大作时，你仍旧能够准确听出自己那一个的位置。华安背着一个五颜六色的书包往前走，但是他不断地回头，好像穿越一条无边无际的时空长河，他的视线和我凝望的眼光隔空交会。

　　我看着他瘦小的背影消失在门里。

　　十六岁，他到美国做交换生一年。我送他到机场。告别时，照例拥抱，我的头只能贴到他的胸口，好像抱住了长颈鹿的腿。他很明显地在勉强忍受母亲的深情。

　　他在长长的队列里，等候护照检验；我就站在外面，用眼睛跟着他的背影一寸一寸往前挪。终于轮到他，在海关窗口停留片刻，然后拿回护照，闪入一扇门，倏忽不见。

我一直在等候，等候他消失前的回头一瞥。但是他没有，一次都没有。

现在他二十一岁，上的大学，正好是我教课的大学。但即使是同路，他也不愿搭我的车。即使同车，他戴上耳机——只有一个人能听的音乐，是一扇紧闭的门。有时他在对街等候公交车，我从高楼的窗口往下看：一个高高瘦瘦的青年，眼睛望向灰色的海；我只能想象，他的内在世界和我的一样波涛深邃，但是，我进不去。一会儿公交车来了，挡住了他的身影。车子开走，一条空荡荡的街，只立着一只邮筒。

我慢慢地、慢慢地了解到，所谓父女母子一场，只不过意味着，你和他的缘分就是今生今世不断地在目送他的背影渐行渐远。你站立在小路的这一端，看着他逐渐消失在小路转弯的地方，而且，他用背影默默告诉你：不必追。

我慢慢地、慢慢地意识到，我的落寞，仿佛和另一个背影有关。

博士学位读完之后，我在台湾教书。到大学报到的第一天，父亲用他那辆运送饲料的廉价小货车送我。到了我才发觉，他没开到大学正门口，而是停在侧门的窄巷边。卸下行李之后，他爬回车内，准备回去，明明启动了引擎，却又摇下车窗，头伸出来说："女儿，爸爸觉得很对不起你，这种车子实在不是送大学教授的车子。"

我看着他的小货车小心地倒车，然后噗噗驶出巷口，留下一团黑烟。直到车子转弯看不见了，我还站在那里，一口皮箱旁。

每个礼拜到医院去看他，是十几年后的时光了。推着他的轮椅散步，他的头低垂到胸口。有一次，发现排泄物淋满了他的裤腿，我蹲下来用自己的手帕帮他擦拭，裙子也沾上了粪便，但是我必须就这样赶回台北上班。护士接过他的轮椅，我拎起皮包，看着轮椅上的背影，在自动玻璃门前稍停，然后没入门后。

我总是在暮色沉沉中奔向机场。

火葬场的炉门前，棺木是一只巨大而沉重的抽屉，缓缓往前滑行。没有想到可以站得那么近，距离炉门也不过五米。雨丝被风吹斜，飘进长廊内。我掠开被雨淋湿了的前额的头发，深深深深地凝望，希望记得这最后一次的目送。

我慢慢地、慢慢地了解到，所谓父女母子一场，只不过意味着，你和他的缘分就是今生今世不断地在目送他的背影渐行渐远。你站立在小路的这一端，看着他逐渐消失在小路转弯的地方，而且，他用背影默默告诉你：不必追。🐝

我不站着等

● 龙应台

一

我们踏进和平饭店的咖啡厅。客满，角落里倒是有张桌子只坐着一个客人，白种人。我们走近，问他是否能让我们共坐。他点头，我们坐下。

侍者看见了，有点紧张地走过来问："你们跟客人打过招呼吗？"

我愣了一下，他凭什么以为我们不懂这个基本礼貌呢？为了不冒犯他的西方客人，他却以质问来冒犯我们？反过来说，如果原先坐着的是长着东方面孔的我们，而两个西方人前来与我们共坐，他是否也会紧张地质问他们："你们打过招呼吗？"

我太多心了吧。在曾是帝国主义横行的上海，能住进典雅的和平饭店，能在太平盛世和一个上海人安安静静地坐下来喝杯香醇的咖啡，是件多么愉快的事。

我摆出主人的架势为陪我的朋友点饮料："有鲜榨的柳橙汁吗？"我举头问侍者。

侍者好像没听见，只顾望着我的客人。我的客人于是用上海话说："有鲜榨的柳橙汁吗？"

"有的。"侍者回答。

"请您给我们两个大杯的。"我说。

侍者飘忽地瞄我一眼，把脸对着我的朋友，等着他说话。朋友说："请给我们两个大杯的。"

"好。"侍者转身走了。

我睁大眼睛看着他的背影，有点儿张口结舌："不是我多心吧？他……他根本不跟我对话？"

朋友带点尴尬地点点头，是，他也看见了。

"因为我是个女人？还是因为我不说上海话？"

朋友想了一下，静静地说："大概两者都有。"

二

"填！"

她把一叠表格甩在桌面。

"三个人都得填吗？"我问。是个挺年轻的女孩子，扎着马尾。我们进来的时候，她正低头写着涂着什么，现在，她仍旧低着头，写着涂着什么。这是一个县级的宾馆。

"三个人都得分开填吗？"我提高声音。

"对。"她低着头，写着涂着。

不，我太不能适应了；我实在没法适应谈话时对方不拿正眼瞧你。"小姐，"我说，"您可以抬头看着我说话吗？"

她没动，我等着。时间一分一秒过去，她显然等着我自己觉悟。她坐着，我站着，想赶快有个房间躺下来的是我不是她。我一言不发地填了表格，三份。正要提起行李，她却说话了，斩钉截铁地："先付款！"

"付款？付什么款？"

她已经低下头去，继续涂写——她也许是个尚未被发掘的作家，谁知道。

"住房费？"我大吃一惊，"我们还没住呀！"

她终于用两眼直视我了，那样清澈美丽的眼睛竟然可以那样不友善："先交费，后住房。"

哎，我真生气，觉得被她侮辱了，什么话嘛，把住房的客人都当无赖来接待吗？看着她冷淡、什么都不在乎的眼神，我又感觉到自己的可笑，规定又不是小姑娘定的，侮辱你的还不知道是谁呢！你跟谁去生气？

我站在柜台前，很想提起行李忿忿地走出去。可是我还是弯下腰，慢慢地取出行李中的钱包。

三

我们到浙江松阳乡下去探亲，然后匆匆赶到衢州火车站，想买卧铺票搭夜车到衡山。不是我天真，不知大陆旅行艰难，而是因为松阳乡下前不搭村，后不搭店，加上时间匆促，我没法事先安排车票。于是这样的情况就发生了：在40℃的气温里，下午两点，我带着两位将近八十岁的老人，拖着行李，走进了衢州车站。

卖票的高高在上坐着，又是个年轻的女性。"请问有软卧吗？"隔着玻璃，我担心她听不见。

她的手上并没有活做，可是不知怎么，她的眼睛就是不和我的接触，看着自己的手，对我的问题，她懒得开口，只摇头。我有点儿高兴，至少她听见了。

"那么有硬卧吗？"我小心地问，还回头看看身后的老人。她摇头。

"那么，"我紧张了，想着母亲的心脏病，这是一趟十七八个小时的路程，"那么，有软座吗？"

她摇头，我的心一直往下沉，"那么，有硬座吗？"

她突然劈头大骂："没有没有什么都没有！你以为你在哪里？你买不买？"

　　我站在窗口，整整比她矮了一大截，仰头看着她。我不知道她还能说出什么话做出什么事来，赶忙说："买买买。"虽然我一点儿也不知道买什么；她不是说什么都没有吗？

　　把几张票和找的零钱从洞口丢出来，对，是丢的。收拢了东西，我急忙转身去照顾那老的，好像还习惯性地和售票员说了谢谢。

四

　　天气毒热，我看着满头大汗的母亲，有点儿发愁，开始责备自己太孟浪，没为老人多想。手里的车票拿出来看，才知道是站票，十几个小时在人肉堆里站到湖南？只好上车再打算，也许有空的软卧，现在得先给老人找候车室休息，售票口对面就是软座休息室，那不就是吗？

　　一拉开门，震裂耳膜的音乐当头盖下来，一男一女拿着麦克风正在放声高歌，音响放大到极致；候车室竟然也是卡拉OK，让老人坐下，我去找车站服务员。啊，那正在唱歌的竟然就是穿着制服的服务员。我凑近她，等她暂时停下来，然后说："你们可以小声一点吗？那位等车的老太太有点不舒服。"

　　服务员口齿伶俐地高声说："这儿是茶室，怕吵就别进来。"

　　我看着她，多么熟悉的一刻。她的脸和那宾馆的服务生、火车站的售票小姐，重叠在一起。怎么我所有的学问，所有的阅历，所有的人生哲学在此时此地都用不上呢？我究竟有什么词汇能和她同一个频率地沟通呢？我听见自己说："外边不是挂着牌说这儿是软座休息室吗？"

　　"软座休息室现在是茶室，你要在这里坐，一个人五块钱。"她很干脆地说。

　　我们三个人推着行李，在炸裂似的音响中，像在丛林里摸索，歪歪跌跌地找到出去的门。

外面还是 40℃。

五

上了车，从杭州开来的列车，竟然真有几张软卧还空着。我大大地松了一口气。

补票得和列车长交涉；列车长是个带广东口音的年轻人，我问他："您贵姓？"

他低着头写票子，不回答。站在他身边的列车员倒以一种训话的口吻说："什么事说就是啦，问姓名干什么！"

他真是年轻得可以，眼睛还稚气得很，是什么使他这样说话呢？是他工作太辛苦，工资太低？还是，他身上穿着的制服和他头上戴着的帽子告诉他：他有某种权威，这种权威代表他的人格价值？

"问名字好称呼。"我说，"基本礼貌，不是吗？"

他不说话了，没趣地走开了。

当我从软卧取了文件回到餐车时，发觉我原先坐着的位子上有个列车员坐着；他也没事，只是坐在那儿无聊地看列车长开我的票子。我走过去，对他说："对不起，让一下。"

里头还有一张空椅，他可以挪过去。可是他不，他抬头看看我，显然有点惊讶我竟然敢叫他挪个位子。他说："你站着等。""不，我不站着等，"我静静地说，"您挪过去！"

他不动，似乎还没碰到过这种状况，一时有点应付不过来。好一会儿，他下了决心，说："你站着。"

我说："不，请您挪过去，我不站着等。"

就这么僵持着，直到列车长站起来打圆场，推他一把说："过去过去，又不是没位子！"

僵持下去，我也不会赢，因为在和他对话的时间里，我已经站着等了。❀

永远**不搬家**

● 刘若英

　　一个人能活多久？这个问题可以有很多参考数字：一个是统计的平均寿命，一个是你自己期望的岁数，还有家族基因遗传的因素，也可以是历来哪个人最长寿的纪录等等。但这些数字，对我们来说没有什么具体的意义，它不能说明我们对生命长短的感受。可能，我们需要另外一些能力，去真正感受生活的历程。什么样的能力呢？比如说记忆。一个完全没有记忆的人，他活了二十岁跟活了八十岁，这中间有什么差别吗？或者可不可以说，不管岁数大小，一个人能活多久，要看他能记得多少过去的岁月？

房子变成一幢生活仓库

　　我最近回到老家，花了七天时间把家里的所有东西巡视了一遍。这是我住了二十几年、我的公公婆婆住了五十六年的房子。公公是职业军人，所以房子是政府分配的，有一百多坪（1 坪 =3.3 平方米），分为三层，在家人口中那是楼上、楼下跟下面三个空间。

　　楼上有三间，一间书房，一间会客室，一间秘书的房间。楼下有四个房间，公公睡的、婆婆睡的，另外有客厅跟餐厅，当然还有我睡的公主房。下面分别是两间副官的房间，一间勤务兵的休息室，以及一间厨房。

这样说来好像很大，但是根据我的主观感受，实际可用空间应该只有房子的十分之一。五十年来，东西只进不出，除家具、衣物用品之外，还有许多不可思议的杂物收藏：从大陆带过来的大木箱一个个原封未动，公公收藏的书报、婆婆数十年来的水墨画，都是理所当然地充塞着可能的角落。甚至，餐桌一角有张一九九八年的广告单到现在还躺在原处，那对都已经离婚的新人送来的礼饼也原封不动地摆在酒柜上。家里是有人打扫的，物品堆积不去并不是生活习惯的问题，而是对家人来讲，每一样东西都是有意义的，有时间标志性的，未来可能会派上用场的。当人进人这样的状态，就没有东西是可以舍弃的。渐渐地，房子变成一幢生活仓库，主要是用来摆东西的，我们只是仓库管理员。

去年年初，军方通知，今年四月必须迁离，会换一个国宅给我们。虽然一个一百多坪的平房，去换一个不到四十坪的公寓，是有点为难人，但毕竟情势不为主观意识转移，家是一定要搬的。问题是，怎么个搬法？积累了五十多年、塞满三层楼的物件，要放进一个国宅公寓，并不是多做几个储物柜就可以的。整整一年半，凡是家庭聚会、出门逛街、寿宴喜庆，家人碰面讨论的话题就是围绕着："怎么搬？"

解决方案从帅气的"全丢了，再买新的啊！"到阿Q式的"找国防部'负责'啊，是他们要我们搬的！"都有。听到任何论调，我都投赞成票，因为打从心里认定反正不会是我搬。早早地我就跟姐商量，搬家我出钱，买新家具我出钱，但我动不了手。我知道那是个不可能完成的任务。

老房子的味道

这样，一年五个月过去了，我在老房子里来来回回了数十次，婆婆除了嘴里常常提到要搬家，家里一点动静也没有，甚至公公的老花眼镜也还沾着尘灰静静地躺在原处。天佑公公，他去世已经六年了。

终于有一天，或具体地说，是搬家"死"限的前五天，我跟同事如婷一起回家时，她小声地说："我觉得如果再不动手，可能真的搬不了啦。"

"当初清清楚楚说好我不用动手的。"

"但如果房子原封不动，到了期限怎么办？"这不是如婷问的，是我在问我自己。我不能想象拆除大队开着怪手吊车来时，年迈的婆婆在房子里惊慌垂泪，我举着一块"人在屋在，屋亡人亡"的布条在家门前嘶喊。

不啰唆，第二天早上九点，我穿着一身工作服，召唤了如婷、小娴、怡俐、大丽真、怡臻等一班娘子军，开始了我的强制搬迁！我跟自己说，不过就是丢东西嘛。

公公跟着军队撤退到台湾的第一天，就住进了这个日式的老房子。公公当时四十多岁，但房子当时是多老呢，我不知道，我只知道从有记忆以来，它就很老了。屋顶上的瓦常常剥落，半夜有小猫会掉进天花板里，一夜叫个不停，木板下会有老鼠爪子的声音。我常幻想为什么笨猫不干脆掉到木板底下呢？两败俱伤，这样不是可以安静一点？对一个城市里的小女孩，住这样的房子并不是多愉快的经历，虽然这毕竟是生我养我的地方。

公公走了很久了，但只要我回到老房子，闻到那气味，看到他的书桌，我都会忘记他已经离开了。但是，如果这一切可供记忆的东西不复存在呢？如果桌子搬走了，房子拆除了，气味消失了呢？我有能力把这些记忆完整地储存在我的感官里吗？

还来不及解答这个问题，我已经扎起头发，戴上口罩手套，买了好几包垃圾袋，来到了老家门口。我觉得自己像个屠夫。我一一指着家里的东西，问婆婆："这还要不要？"她的回答都是"这个？当然要，这是……（回忆开始……）"，过了两个小时，我发现没有一样东西是她不要的，每一样东西都是事关重大的，譬如那个缺角的盘子，"是你小时候吃麦片的盘子，你都不记得了吗？"或那张传单，"是公公一个老朋友开画展的……"垃圾桶，"是中兴百货刚开业时，我跟你去买的啊……"是啊，什么冷血的人舍得丢掉我小时候吃麦片的盘子？

回忆是生活态度

因为父母早年决定各奔东西，我是跟公公婆婆一起长大的。从我能记事开始，我已经活在老人家的记忆里。回忆不只是他们的表达方式，也是生活态度。因为两岸相隔，他们的成长环境被剥除了，他们见不到亲人，见不到家乡，除了记忆，他们还能怎么对抗这种隔离呢？想法是感人的，但当我脑子里再度浮出举抗议布条的画面时，心肠就变硬了。我决定不用问她了。原则一，我心里想着，凡是以后还买得到的，就丢。原则二，生活中毫无用处的，也丢。我打电话给收二手书的茉莉书房，说我有些旧书要捐给他们。回答是如果要他们来收，需要超过一百本。我说，应该有三千本以上。他们来人看了一眼，结果是动用了八个工人，搬了两卡车。

除了书，还有各式各样的家具。那些家具都是我在拍上世纪二三十年代背景的戏里才会看到的。我打电话给一个做戏用道具的朋友，请他来收。他两手空空来了，进来看了不到五分钟，说要回去开卡车。

我不知道他一共搬了几车走，我在忙着丢别的东西，但耳边倒是一直听到他的话外音："天啊！还有啊！"

家电在我们家出现算是晚的。小学时，我曾羡慕同学家有洗衣机，回来问婆婆，为何我们家没有？她的回答是，因为我们家有人洗衣服，而且衣服用机器洗容易坏。从小家里人也没有看电视的习惯，公公的理论是"客人来家里是交流，不是来看电视的"。因为这样，家里晚上是无声的，婆婆画画，公公看书、写毛笔字，而我，我忘了我在干吗，应该在发呆吧。但是曾几何时，我家有了四台电视、四台录影机、三台 DVD、两个微波炉、三台冰箱、两个洗碗机。这就是时代的洪流，还是因为我进了演艺圈？

忘记的一扇门

人家要是问你，你家里东西有多少，你能怎么回答？你的计量单位应该是什么？从某种角度说，每一个人家里的东西都很多，那是生活长年的累积。但有些东西是可以计量的，譬如说，我问你，你家的酒有多少？

让我打开我家的酒窖瞧瞧。所谓酒窖，其实是公公房间里的一个小储藏室。我从来没有看过里面是什么，因为不知从什么时候开始，它的门口就堵着一个挂大衣的架子，意思是那里面没有什么，就算有什么，也跟我们的生活无关。要不是搬家，所有人都根本忘记那边有一个门。终于打开后，烟尘扑面而出，门后是满满一柜子的酒，每个瓶子上都结着一层尘封的土。我随手拿下一瓶瞧着，空的，全空的，但瓶口的包装原封未动。这瓶酒没有开过，只是，蒸发掉了。我一瓶一瓶地取出来，大致算了一下，两百多瓶。

长年在家里帮忙张罗的张叔悄悄来到我身后说："另一个储藏室里还有。"

"我床头柜子里也有，统统可以当你的嫁妆。"婆婆凑过来说。这话听起来窝心，每个家庭不是都有传家宝吗？但陪嫁几百瓶酒，这是传达了什么讯息呢？悲喜剧成了闹剧了。公公是不喝酒的，但他觉得别人送酒是心意，不应该转送，更不应该转卖，八十几岁的老先生，就这么攒了四百三十瓶酒。多吗？酒之外，类似的礼品还有茶叶六百多罐、人参两百多盒……

就这么日复一日地战斗，书要丢、家具家电要丢、衣服要丢、剪报要丢——公公四十多年的剪报，及家中老小帮我从娱乐版搜集来的剪报。我的中小学作业、知名不知名的情书，也在以身作则、大义灭亲的心情下，一并收进垃圾袋。

就这么不断地与往事干杯，有天爸爸说话了："你简直是秦始皇，焚书坑儒。"我听了脸上是笑的，心里是酸的。也眼看着已经丢掉的东西，有人晚上拿着手电筒从垃圾堆又偷偷捡回来。就这样"谍对谍"来回数日，爸爸终于又站在院子里指着我："红卫兵抄家也不过如此！"好笑吗？其实惨绝人寰。婆婆声音颤抖地问我："我的红木柜你为何不帮我搬到新家？"我跟她说，我量过了，新家的电梯太小，进不去，就算走楼梯搬进了新家，也放不下。然后我就见她独自坐在餐厅看着红木柜哭，她说这次真的不想活了，连这个红木柜她都带不走。

我站在那里，完全不知从何说起。

压抑和坚强终于瓦解

七天，这样血淋淋地过去，我坚持了冷面屠夫的角色。搬进新家的黄道吉日终于来临。当天中午我因为有工作，要姐姐早点到老家，把公公的牌位磕头请出。结束工作我一进老家门，姐气急败坏地把一对签塞到我的手里，她说她对着公公牌位磕头磕了一个多小时，签掷了无数次，出不了一个"正签"，意思就是——公公就是不肯走。她觉得公公在耍她。我收下签，请姐先带婆婆去新家，不要让她最后一个走，以免触景生情。我跟如婷在这空荡荡的房子里，拿起胶布把一个个老柜子封上，写着"清空"，把房门一个个关上，再次贴起胶布写上"清空"。

最后回到大厅，我看着公公的牌位，手里拿着签，四周一片安静，心也是静的。我跪下来磕了三个头，心里说着："我知道您舍不得离开，我也舍不得离开，但'家人家人'，家就要跟着人，爸爸还在，姐姐还在，婆婆还在，他们在哪里，您的家就在哪里。"我掷了签，"一正一反"，那是他说好的意思。我继续念着："婆婆已经在新家等您，她从来没有一个人住过，她可寂寞了。"第二个"一正一反"，应该 OK 了。这时如婷在一旁屏着气说了声："还要再一次。"

还要再一次？我吸了口气，闭上眼："亲爱的公公，我知道您最疼我，我们走吧……"我将签高高举起，睁开眼睛看着照片上的公公，手一松——连续第三次的"一正一反"。我用力地把头往地上一磕，突然间，这些天的压抑和坚强彻底瓦解，我伏在地上大哭了起来。

再次转身，觉得故事还没有完

每个人都搬过家，但每个家在人心里都有不同的分量。有时候你离开的不只是一个吃饭、睡觉的地方，也是舍弃你生命的一部分。你离开那个空间，等于把你自己的一部分也永远遗留在那里了。从某种程度上来讲，你每搬一次家，你的生活也必须重新开始，生命的长度要重新计算。你舍弃的不只是身边的物品和邻居，你也切断了时间的延续性。老房子清空以后，我不得不忍着伤痛远离公公的味道，远离那些让我记得生活曾是多长多远的味道。但远离毕竟不是消失，我是人，我有记忆。味道是淡去了，但我会努力让它保存下来，用我的方法，让我的后代也嗅得到老房子的味道。公公婆婆半个世纪前被迫离开他们的老家，彷徨伤痛何止我的千百倍。但他们是这样走过来的，是这样用记忆和盼望走过来的。我自然也应该这样走下去。

二〇〇五年四月十日下午五点十分，我终于看了最后一眼门前的那棵桂花树，转过身去，拉上大门。咔嚓一声，这世界上能有一种声音是这般熟悉又如此惊心动魄吗？走出小小的巷道，我禁不住再次转身，觉得故事还没完。可不是，一片夕阳的殷红中，那个甩着两条辫子的小丫头，左手牵着公公，右手牵着婆婆，正步履轻盈地唱着歌。看着她得意洋洋的样子，你会以为全天下的小孩都不用长大。歌声若有似无地传来，听不真切，但我知道她在唱什么：我家门前有小河，后面有山坡，山坡上面野花多，野花红似火……🐝

我的父亲母亲

● 刘若英

无意间，在老家发现了几本相簿。翻开来，里头整齐存放着的不是照片，而是我父母亲年轻时来往的书信。我也想称它们为情书，但是那个年代的人表达含蓄，你情我爱是不提的，更像是家书。一张张泛黄的纸张，大部分是母亲写的。内容不离生活琐事，偶有岔题的，就是盼着那当海军舰长的丈夫早日归来。这些信之所以特别，是因为在我两岁时，父母便离异，他们的相处方式我从来没有记忆。这些信自然成了当时点点滴滴的存证。

相互依靠的情义

母亲是韩国华侨，中文程度自然及不上父亲。

于是我看到，每封母亲写的信上，都会有一个一个红笔圈着的错别字，那是父亲帮她挑出来的，然后又把信寄回给我母亲。我母亲收到后都会在被订正的字旁写上一整行对的字，就像小学生被罚写生字。

因此每封母亲的信，都要这样两度易手，家书除了讲讲家中事，也是国文教材。父母俩如此不厌其烦，大约也是相互依靠的情义。及至想到他们的离异，让我不禁鼻酸。

据说他们从未吵过架。我也好奇，每个人都好奇，他们从没吵过架，为何离婚？到了我自己谈恋爱，才有体会，不吵架的伴侣才是要命。父亲是一个过分幽默浪漫的人，天塌下来的事，他都可以一笑置之，以为有比他高的人先顶着。错了一个字会自行补写一行的母亲非常不一样。母亲不能说杞人忧天，但却事事要求尽善尽美。她的每一个今天，可以说都是在为明天做准备。她又要求自己面面俱到，有时到了难以理解的地步。据说我姐出水痘的那一天，她跑去照顾亲戚家发烧的女儿，认为这样才是周到。这样的两个人，一个死皮赖脸时，另一个可能在怀疑"他是怎么回事"，自然不能说水乳交融。

据大阿姨形容，我妈私底下对我爸，还是那样一丝不苟的周到。

当时爸爸的办公室离家只需要走五分钟的路，他中午都会回家稍事休息。如果我妈下午需要帮我们洗澡，她会把毛巾先垫在浴缸里，再用毛巾把水龙头包起来，这样，放水的声音就不会吵到睡午觉的爸爸。

但午间无聊的小孩终究会吵，我妈就只好带姐妹俩去台湾疗养院旁的公园玩一个小时，这样爸爸才能完全清静。但这种周到发挥到极致，就是两个人的压力了。我爸回家进门不愿意脱鞋，这对有洁癖的妈妈是很大的威胁，但是她又不忍心改变丈夫的习惯，于是下班时间一到，她会沿着爸爸从门口到房间的路线铺上毛巾，以防地板弄脏。

考验两个人不同的价值观

爸爸的不羁性格，让他在还很年轻时，就放下一片大好前程的海军不做，拿了十万元退役金，开了间作家咖啡屋。作家咖啡屋，顾名思义，来的不是作家就是文学爱好者，爸爸遇见了，都转身跟妈说"不能收钱"。这样的生意自然是不得善终的。但可能赔了家咖啡厅还不够快意，他接着开了家电影公司。我妈怀着我的时候，就挺着大肚子在电影街穿梭，大概自动化身为制片之类的。爸爸自己写了剧本，投资了一部据说很前卫的电影，叫《不敢跟你讲》，女主角是归亚蕾。一九七〇年的金马奖，片中的小孩（俞健生）还因此片得了最佳童星奖。

但片子上演前，因为内容涉及师生恋而被禁映，可见当时的电影检查对良善风俗的标准定得很严格。拍了部不能上映的电影，自然就不是投资，而是相当于把钱丢进水里。

这些点滴小事不见得直接关系到他们的离异，但毕竟一步步考验着两个人不同的价值观。

我还是激动的

不知是生性乐观，或者因为祖父祖母给了我一个正常的家庭教养，我对于爸妈的分离，不能说太过在意。当然，小学一年级的家长会，有个不识相的男同学笑我是"婆姐会"，还是被我狠狠地踹了一脚。唯有一件事，在我心里倒是称得上伤痕。有一天，爸爸的第二个老婆偷偷对我说："其实你妈一直认为你是克星，因为你出生，她才跟你爸离婚的。"虽说这话是后母说出口的，其斗争心机多过据实以告，但对一个幼小心灵，其震撼不可谓不深。

离开对方之后，他们各自都有新的婚姻，这也合理，那么年轻、那么时髦的两个人，自然应该再追求幸福。只是遗憾，他们其后的姻缘也无法以甜美收场。个中的微妙处不是晚辈的我可以了解，但这么多年来，我倒是没有在我爸妈口里听到他们对对方有任何恶言。甚至每一年我爸的生日到了，都是妈提醒我们的。

老家房子被"国防部"收回后，爸爸只得独自搬出去住。公寓我找到了，也靠近老家，环境是爸熟悉的。但对一个老男人来说，生活上的琐碎事打理起来较费周章。我打了求救电话给妈，二十分钟内，她穿着短裤，带着一堆工具，出现在我爸的新家。她戴上老花眼镜，没什么台词，动手帮我爸洗冰箱、刷地板……爸爸站在旁边，福至心灵，突然说了一句："树兰，谢谢你。"妈头也没抬，"都是为了我女儿啊！"妈的矜持是容易理解的，但在那坚持"周到"的底下，也许还有点"曾经同船渡"的情分。

那一天的傍晚我姐姐也出现了，一家四口就这么碰在一起。在我有生的记忆当中，这样的画面从来没有过。虽然来得晚了，空间也不相宜，但我还是激动的。

过后有次我爸打电话给我，问我平常送去的蔬菜沙拉在哪里买的，他找遍了各个超级市场都找不到。我有点得意地说，那买不到，因为那是我妈做的爱心沙拉，但我妈出国了，暂不供应！我把此事转告了妈妈，从此她做沙拉都做两份。

时光倒错之感

就这样他们开始有了些交往，妈不在台湾时，爸爸会搜集我的剪报。我若是出现在电视里，两人会互相通电话提醒对方收看。我出国时，我家里的除湿机要倒水，我妈会叫我爸去。回来后，我会在茶几上看到即将出国的妈留给我爸爸的字条，写着要他记得帮我开开窗，买点杂物什么的，也会看看同一张字条上我爸的字迹，记载着他何时来何时走，完成了什么……当然，我妈依然偶有错字，我爸不订正了，只是私底下跟我偷偷笑。

有天，我在路上突然看见他们两个，我停下车说："哦，约会被我抓到！"他们急忙澄清说是要找新的公车路线，方便去我家……我远远地看着他们两个，有种时光倒错之感。两个人因热恋而结合，生了一对女儿，然后了解多了，不得不分手，他们没有太多怨恨，孩子也没有怨恨，他们各自试着去爱别人，但始终爱着孩子，孩子也爱他们。如果不是太贪心，这样的人生应该是可以了。

以前我真是个克星吗？如果是，那我现在可不可以说，几十年过去，我已经修炼成福星了喔！❀

一个人的KTV

● 刘若英

躺在床上也不知道多久了，但就是睡不着，终于决定不再倔强，起来喝杯茉莉花茶。半夜收到公司同事的一封传真，恭喜我快出片了，我的思绪掉到了过去两年中无数一个人的日子。

其中有这么一天，我中午起床，突然发现房子里有另一个人说话的声音，我吓了一跳！这屋子里不是一直都是我自己一个人吗，怎么会有人突然问我早餐该吃些什么呢？仔细再听，原来那是我自己。还是我自己。我竟然不知不觉地开始自己跟自己说话了。

我不是一个没有朋友的人，可是好一阵子别人有空找我的时候，或者我在工作，或者几个月根本不在台湾。而我有空的时候，我又怕大家都忙，不想去打扰。就这样老凑不到一块儿，久而久之也就习惯一个人了，甚至喜欢自己一个人了。看电影一个人，吃饭一个人，逛街一个人，挂急诊一个人，甚至一个人唱KTV。一个下午，算算自己已经四天没出门，突然很想唱歌。

"小姐，有订位吗？""小姐，有几位呢？""小姐，你需要大包厢还是小包厢呢？"

'我，一个人。我需要小包厢。"

我狠狠地唱了三个小时，像办了一场演唱会。唱自己的歌，想着这几年来我的脸的改变。唱自己的歌，让那些日子一幕幕重现眼前。

唱别人的歌，听听别人的心情，想象别人过的日子。最后嗓子终于沙哑了，泪水也终于布满了我的脸颊。可惜，只可惜这不是发生在布景壮阔的舞台上，也没有摄影机记录我发自内心的呐喊，我不过是一个人在 KTV 里扮演平凡女子的悲喜剧。

埋了单，我以电影散场的心情走出 KTV，天色已经是灰黑的了。

下班时拥挤的东区，里头有一个这样的我。有歌唱还是好的，即使是自己唱给自己听。❁

写给幸福

一个春日的下午

● 席慕蓉

一

人生也许就只是一种不断的反复。

在前一刹那，心中还充满了一种混乱与狂热，必须要痛哭一场才能宣泄出的那种悲伤与失望，于是，就在疾驰的车中，在暮色四合的高速公路上，我一个人在方向盘后泪落如雨。

那是怎样炽烈的心，怎样滚烫的泪啊！

然后，那种感觉就开始出现了，在还流着泪的时候，那种感觉就已经细细致致地开始出现了。就好像在汹涌如注的瀑布之前，我们起先并不能听见其他的声音，除了隆隆的瀑声之外，我们起先什么也不能察觉。但是，站定了，听惯了之后，就会发现，有很多细微的声音其实是一直存在着的，只要我们定下心来，就可以听得见。

而我开始听见了，那是我的另一颗心，永远站在旁边，每次都用那种悲悯的微笑注视着我的那一颗心，开始出现，开始轻言慢语地来安慰我了。

是啊，世间有多少无可奈何的安排，有多少令人心碎的遇合啊！哭吧！流泪总是好的。可是，也别忘了，别忘了来细细端详你的悲伤和失望，你会从这里面看到，上苍赏赐给你的，原来是怎样清澈与美丽的一种命运。

于是，在细细地品尝着我的得和我的失的同时，我就开始微笑了，眼里却仍含着刚才的泪水。

车子离开高速公路，弯到那一个在路旁种满了新茶的小镇上，我在花店前停下车，为我自己选了一棵白色的风信子。

不为什么，只为那洁白的小花瓣上停着好多细细的晶莹的水珠，只为纪念那样一个春日的下午，那样一场非常短暂却总是不断反复着的迷与悟。

二

很小的时候，在南京住过两年。有一次，有人给了我一块石头，圆圆润润的一小颗，乳黄色里带有一种透明的光泽，很漂亮。那年大概是五岁的我，非常喜欢它，走出走进都带着，把它叫作是"我的宝石"。有天傍晚，我一个人站在院子里，天色已经很暗了，我忽然起了一个念头，想把这颗石头抛出去，看看能不能把它找回来。

于是，我就把石头往我身后反抛出去了，石头就落在我身后的草丛里。奇怪的是，在抛出的那一刻我就已经开始后悔了，心里很清楚地知道自己正在做一件很愚笨的事，我一定找不回我的石头了。我果然再也没能找回那颗小石头。草并不长，草坪地不算太大，可是，正如我所预知的那样，尽管我仔细翻寻了每一丛草根，搜遍了每一个它可能会在的角落，我始终没能再找回我的宝石。

这么多年过去了，我自然能记得院子里那一种昏黄的暮色和那个孤独的小女孩在草丛里搜寻时的慌乱与悔恨的心情。

这么多年过去了，我也走过不少地方，经历了不少事情，看过不少石头，家里也搜集了不少美丽的或者奇怪的矿石，但是，没有一颗可以替代、可以让我忘记我在五岁时丢失的那一颗。

　　我总会不时地想起它来，在我心里，它的圆润和美丽实在是无法替代的了。尤其是因为过错是由我自己造成的，是我亲手把它抛弃的，所以，那样的憾恨总是无法弥补。也因此，那一颗小小的原本并不足为奇的石头，竟然真的变成了我心里的一颗宝石了。

　　当然，有的时候，我也知道这一种执迷本身实在是很幼稚和很可笑的。不是吗？想一想，当年的我若是能在那个傍晚找回那颗石头，在小小的五岁孩童的手中又能保留多久呢？还不是也会和那些早已被我毁坏被我丢弃的童年时的玩具一样，彻彻底底地从我的记忆里消失，一丝痕迹也不会留下来吗？事实不是就应该只是如此而已吗？

　　可是，就是因为那天的我始终没能把它找回来，它因此反而始终不会消失，始终停留在我的心里，变成了我心中最深处的一种模糊的憾恨，而它的形象也因为这一种憾恨的衬托反而变得更为清晰与美丽了。

　　因此，得与失之间，实在是不能只从表面来衡量来判断的了，不是吗？

三

　　不是吗？世间有很多事都可以从不同的角度来观看的，不是吗？就拿"离别"这件事来说吧。

　　离别在人生的种种滋味里，应该永远是归至悲秋与苦涩那一类里面去的。可是，如果在离别之后，却能够得到一种在相聚时无法得到的心情，那么，又何妨微笑地来面对这种命运呢？

　　让我向你道别吧，如果真有离别的时刻，如果万物真有终始，那么，让我来向你道别吧。

　　要怎样道别呢？尽管依依不舍，手总要有从你掌中抽出的时刻，你的掌心那样温热，可是，总要有下定决心的那一刹那吧。

　　那么，微笑地与你就再见了，把你留在街角，尽管频频回顾，你的不动的身影仍然会在暮色中逐渐模糊，就算我一直不停地回头，一直不停地挥手，总会在最后有一个转角将你遮住，将我们从此隔绝，从那以后，就是离别了。

然而，真有离别吗？

真有离别吗？如果，如果在离别之后，一切的记忆反而更加清晰，所以在相聚时被忽略了的细节也都一一想起，并且在心里反复地温习。你所说的每一句话在回溯时都有了一层更深的含意，每一段景物的变化在回首之时也都有了层更温柔的光泽，那么，离别又有什么不好呢？

离别又有什么不好呢？如果从此以后，你的笑容在每一个月色清朗的夜里都会重新出现，你的悲哀也会随着逐渐加深的暮色侵蚀进我的心里。所有过去的岁月竟然像是一张蚀刻的铜版，把每一划的划痕都记录下来了，有深有浅，有满盈也有空白，然后，在每次回顾的时候，它都可以给你复印出一张完全一样的画面出来。那么，果真能够如此的话，离别又有什么不好呢？

四

那么，如果世事都能这样看过去的话，我实在也不必对我所有的那些"挫折"与"失败"耿耿于怀了吧。

我实在也不必那样手忙脚乱地，一定强要把眼前的美景留到我的画布上来了吧。

我原来可以从从容容地度过一个美丽的下午的啊！

可是，当我站在那个高高的长满了芒草的山坡上时，当我俯瞰着近处郁绿的淡水和关渡，远处闪着金光的台湾海峡时，河水与海水在下午的阳光中变得那样亮，观音山变得那样暗。在那个时候，每一根线条，每一种颜色都让我心动，我实在没有办法抗拒那一种诱惑，那一种"一定要把它画下来"的渴望啊！

于是，我就开始手忙脚乱地画起来了。天已近傍晚，山风好大，猎猎地直吹过来，我的画布几乎无法固定。而且，那些就在我眼前的、那样眩人的光与影也每分每秒都在变化，所有的颜色虽然都让我心动，但是，没有一种肯出现到我的笔下来，我的每一笔、每一种努力都好像是一种失败。

是的，在夕阳终于黯淡了以后，在所有的景象都失去了那层诱人的光泽以后，在我的眼前，也只剩下两张都没能来得及画完的画而已，两张都显得很粗糙，和我心里所希望的那种画面完全不一样。

我颓然地坐在芒草丛中，有一种悲伤和无能为力的感觉。我浪费了怎样难得的一个下午！原来，原来画了二十多年的我，也不过是一个有限的人而已；原来，这世间有多少无限是我所永远无法得到，也永远无法把握住的啊！

所以，在回去的路途上，才会那样狠狠地哭了一场，在疾驰的车中，在暮色四合的高速公路上，我一个人在方向盘后泪落如雨。那是怎样炽烈的心，怎样滚烫的泪啊！

五

而今夜，孩子都睡熟了以后，在我的画室里，在灯下，我重新拿出那两张画来观看，忽然之间，我的心里有些什么开始苏醒起来了。是啊！我怎么一直没有发觉呢？我怎么一直不能看清楚呢？我怎么一直都不知道呢？

我一直没能知道，世间所有的事物在最初时原来都并没有分别，造成它们以后的分别的，只是我们自己不同的命运而已。

是的，有限与无限的分别，应该就只是由我们自己的命运所造成的而已。就是说，一切我所能得到的，我所能拥有的，在我得到和拥有的那一刹那里，都终于只能成为一种有限的幸福与快乐而已。而那些，那一切我所不能得到的，不能拥有的，却反而因此能永远在我的眼前，展露着一种眩人的、无法企及的美丽。在我整整的一生里，不断地引诱着我，引诱着我去追求，去探索，去走上那一条永远无法到达也无法终止的长长的路。

六

是不是这样呢？生命是不是就只是一种不断反复而已呢？有谁能告诉我？

有谁？有谁能为我拭去那反复流下的泪水？为我消除那反复出现的悲伤？

为什么我昨天错了，今天又会再错？为什么我一定要一次一次地自己去试、自己去问、自己去碰，然后才能逐渐而缓慢地知道该怎样去面对、去生活？

我多希望，有人能微笑地前来，并且温柔地为我早早解开这有限与无限之间的谜题。

我多希望，有人能陪我走上那长满了芒草的山坡，教我学习一种安静的捕捉，捕捉那些不断地变化着的水光与山色，那些不断地变化着的云彩与生命。

我多希望啊！有人能与我共度那样一个美丽的春日的下午。可是，我又有一点害怕，害怕那原本是无限的美丽，如果真有一天能让我得到，是不是，也会等于，等于一种永远的失去？ ❀

几何惊梦

● 席慕蓉

　　总是会做这样一类梦：知道这一堂要考试，但是在大楼里上上下下，就是找不到自己的教室；要不然就是进了教室，老师来了，却发现自己从来没有上过这么一门课，也没有课本，坐在位子上，心里又急又怕。

　　还有最常梦到的一种，就是：把书拿出来，却发现上面的字一个也看不懂，而其他人却笃定得很。老师叫我起来，我张口结舌，无法出声，所有的同学都转过头来，用一种冷漠、不屑的眼光看我，使得我在梦里都发起抖来。

　　醒来的时候常常发现整个人紧张得都僵住了，要好半天才能缓过气来，心里好像压着一块重东西，非要深呼吸几次才能好转，才能完全恢复清醒。醒来以后，在暗暗的夜色里，自己会在床上高兴得笑起来，庆幸自己终于长大了。

　　终于长大了，终于脱离苦海了。那个苦海一样的时代，噩梦一样的时代，要上数学课、上物理课的时代，我终于不必再回去了。初中二年级，我从香港来考联合招收插班生的考试，考上了当时的北二女（现在的中山女高），开始了我最艰难困苦的一段日子。奇怪的是，在香港的小学时代，我的脑子好像还可以，算术课也能跟得上，可是，进了北二女后，数学老师教的东西，我没有一样懂的。

那是一种很不好受的滋味：老师在台上滔滔不绝，同学在台下听得兴味盎然，只有我一个人怔怔地坐着，面前摆了一本"天书"。我努力想看、想听，可是怎么也进不到那个世界里。我唯一能做的事，就是用一支笔在"天书"上画图。一个学期下来，画出一本满满都是图画的几何或者代数，让我家里的补习老师叹为观止，还特意拿了一本回去给他的同学看。那些在理工学院读书的男生看过以后，都没有忘记，隔了快二十年的时间，还有人记得我的名字，还会跑来告诉我，他们当年曾经欣赏过我的数学课本。

当然，在二十年后相遇时，提起这些事情实在是值得开怀大笑一场的。不过，在那个时候，在我坐在窗外种满了夹竹桃的教室里的那个时候，心情可是完全不一样的。

那个时候，数理科成绩好的，才能成为同学羡慕的好学生，而文科再好的人，若是数理差，在班上也不容易抬起头来。记得有一次，我得了全初三的国文阅读测验第一名，名字公布出来，物理老师来上课的时候，就用一种很惋惜的口吻说："可惜啊！国文那么通，怎么物理那么不通呢？真是可惜啊！"

他一面笑一面摇头。

同学们也都回过头来对我一面笑一面摇头。大概因为我刚得了奖的关系，班上还弥漫着一股温和友爱的气氛。可是，有一次却不是这样的。

那一次，也是全班同学都回过头来对着我。我的座位是最后一排靠窗边的一个位子。数学老师刚刚宣布了全班上一次月考的成绩和平时分，我是成绩还没有揭晓的最后一个人，老师问我："席慕蓉，你知道你得了几分吗？"

她的声音很冷，注视着我的眼光也好冷。全班同学一起回过头来盯着我，我整个人都僵住了，硬着头皮小声地回答："不知道。"

"让我告诉你，月考零分，平时零分。"

霎时，四十多个人的目光里，那种冷漠，那种不屑，那种耻于与我为友的态度，都很明显地表现出来了。对一个十二三岁的女孩来说，实在是需要一点勇气才能面对那样一种无望与无告的困境的。但奇怪的是，本该落泪的我那时并没有流一滴泪，只是低下头来等着那一刹那过去，等着让时间来冲淡一切、补救一切。

表面上，日子是一天一天地过去了，而到了夜晚，冰冷的梦境从此一次次地重演，把我拉进最黑暗最无助的深渊。

那个时候，好恨老师，也好恨自己。家里为了我，补习老师是不断的。可是，当时没有一个人知道，我是个天生的"数字盲"，假如世界上真有这种病症的话，我就是患这种病的人。和文盲不同，文盲只要能受教育，就可以治愈，而"数字盲"却是永远无药可救的。跌跌撞撞地混到初三下学期，要补考数学才能参加毕业考。补考的头一天晚上，知道事态严重，我一个晚上不敢睡觉，把一本几何从头背到尾，心里却明白，这样并没有什么用，不过是尽人事而已。第二天早上，上数学课时，讲到一半，老师忽然停下来，说要复习，然后在黑板上写了四道题让全班演算。我照平常的样子在数学簿上把数字乱搬一气，心里却惦记着下午的补考。

下课以后，老师走了，班上的同学却闹了起来。她们认为，这四道题和正在教的段落毫无关系，没头没脑地把四道简单的题目出在黑板上，老师一定别有用意。

数学补考时间定在下午第一堂课，地点是在另外的一个教室里。我们班上要补考的七个人，忽然之间成了全班最受怜爱的人物。

三十几个成绩优秀的同学分成七组，每一组负责教会一个。教了半天没有效果，他们干脆把四道题的标准答案写出来让我们背。四道题之中，我背会了三道，在下午的补考试卷上得了七十五分，终于能够参加毕业考，终于毕了业。

那么多年过去了，那天的情景却始终留在我心中。假如说初中两年的数学课是一场噩梦的话，那么，最后的一堂课却是一段温馨美丽的记忆。我还记得那些同学一面教我们，一面又笑又叹气的样子，教室里充满了离别前的宽容和依依不舍的气氛，那样真挚的友爱温暖了我的心，使得从来不肯流泪的我在毕业典礼上狠狠地哭了一场。而在讲台上坐着的数学老师和国文老师一样，都在微笑地注视着我，她们用关切和怜爱的目光，送我离开了我的初中时代。

终于逃脱了那场噩梦，我是绝不肯再回去的了。所以，高中就非要读台北师范的艺术科不可，因为我仔细查过他们的课程表，一堂数学课也没有。

当然，现在有很多人会说，我是从小就喜欢画画，加上初中时美术老师的鼓励，所以毅然地选择了这一条路的。其实，事情并不全是这样。我并不是一定要学画画的，与其说是美术老师鼓励我，倒不如说是数学老师逼着我走上这一条路的，因为，除此以外，我无路可走。不过，无论我现在怎么向人家解释，人家都不会相信，他们总是微笑着说："哪里！你太客气了，你太谦虚了。"

而只有在我常做的那个噩梦里，他们才会相信我，才会一起转过头来，用那种冷冷的目光注视着我，使我一次又一次重新掉进那无望无告的深渊。❀

写给幸福

● 席慕蓉

　　年轻的时候，在那些充满了阳光的长长的下午，我无所事事，也无所惧怕，只因为我知道，在我的生命里有一种永远的等待。挫折会来，也会过去，热泪会流下，也会收起。没有什么可以让我气馁，因为，我有着长长的一生，而你，你一定会来。

　　今天，阳光仍在，我已走到中途。在曲折颠沛的道路上，我一直没有歇息，只敢偶尔停顿一下，想你，寻你，等你。

　　雾从身后轻轻涌来，目光淡去，想你也许会来，也许不会，我开始害怕了。

　　也开始对一切美丽的事物怜爱珍惜。不管是对一只小小的翠鸟，还是对那结伴飞旋的喜鹊；不管是对着一颗年轻喜乐的心，还是对着一棵亭亭如华盖的树，我总会认真地在那里面寻你，想你也许会在，怕你也许已经来过了，而我没有察觉。

　　日子在盼望与等待中过去，总觉得你好像已经来过了，又好像始终还没有来，你到底在什么地方呢？你到底是什么模样呢？

　　总有一天，我也会跟所有的人一样老去的吧？总有一天，我此刻还柔软光洁的发丝也会全部转成银白，总有一天，我会面对一种无法转圜的绝境与尽头；而在那个时候，能让我含着泪微笑着想起的，大概也就只有你，只是你了吧？

还有那一艘我从来不曾真正靠近过的，那小小的张着白帆的船。

❁

我的记忆

● 席慕蓉

学生们一向和我很亲，上课时常常会冒出一些很奇怪的问题，我也不介意，总是尽量给他们解答。

有一天，一个胖胖的男生问我："老师，你逃过难吗？"他问我的时候微笑着，二十岁的面庞有着一种健康的红晕。而我一时之间，竟然不知道该如何回答。我想我知道什么叫逃难。在黑夜里来到嘈杂混乱的码头，母亲给每个孩子都穿上太多的衣服，衣服里面写着孩子的名字，再给每个人都戴上一枚金戒指。

我想我知道什么叫逃难。在温暖的床上被一声声地唤醒，被大人们扯起来穿衣服，睡眼惺忪地被人抱上卡车。车上早已堆满行李，人只好挤在车厢的角落里，望着乳白色的楼房在晨雾中渐渐隐没，车道旁成簇的红花开得惊心。忽然，我们最爱的小狗从车后奔过来，一面吠叫，一面拼了全力追赶我们。小小心灵第一次面对别离，没有开口向大人发问或恳求，好像已经知道恳求也不会有效果。泪水连串地滚落，悄悄地用围巾擦掉了。眼看着小狗越跑越慢，越来越远，五六岁的女孩对这一切都无能为力。

然而，年轻的父母又能好多少呢？父亲满屋子的书没有带出一本，母亲却带出来好几块有着美丽花边的长窗帘，招得亲友取笑："真是浪漫派，贵重的首饰和供奉的舍利子都丢在客厅里了，可还记得把那几块没用的窗帘带着跑。"

那本是经过长期的战乱之后，重新经营起一个新家时，年轻的主妇亲自去选购布料，亲自一针一线把它们做出来，再亲手把它们挂上去的。谁说那只是一些没用的物件呢？那本是身为女人的最美丽的一个希望啊。在流浪的日子结束以后，母亲把窗帘拿出来，洗好，又挂在离家万里的窗户上。在月夜里，微风吹过时，母亲就常常坐在窗前，看那被微风轻轻拂起的花边。

这是我所知道的逃难，而当然，还有多少更悲伤更痛苦的命运，相比之下，我们一家反倒是极为幸运的了。年轻的父母牵着老的，带着小的，跌跌撞撞地逃到香港，一家九口幸运地没有在战乱中离散。在这小岛上，我们没有什么朋友，只是一心一意地等待，等待着战争的结束，等待着重返家乡。

父亲找到一个刚盖好的公寓，门前的凤凰木刚栽下去不久，新铺的红缸砖地面还灰扑扑的，上面都是些细碎的沙石，母亲把它们慢慢地扫出去。父亲买了家具回来，是很多可以折叠的金属椅子，还有一个可以折叠的、同样质料的方桌子，父亲很得意地说："将来回去的时候还可以带着走。"

全家人都接受了这种家具。尽管有时候吃着饭，会有一个人忽然间被椅子夹得动弹不得；晚上做功课的时候，桌子会忽然陷下去。有人乘势嘻嘻哈哈地躺到地上，制造一场混乱。不过，大家仍然心甘情愿地用这些奇妙的桌椅，因为将来可以带回去。

一直到有一天，木匠送来一套大而笨重的红木家具，可以折叠的桌椅都不见了。没有人敢问一句话，因为父亲经常紧锁眉头，而母亲也越来越容易动怒了。香港公寓的屋门都有一扇小小的铁窗，铁窗有一块活动的木板，我记得我家的是菱形的。窗户开得很高，所以，假如父母不在家而有人来敲门，我们就需要搬个椅子爬上去，把那块木板推开，看看来的客人是谁。我们的客人很少，但是常常有人来敲门。父母在家时，会不断地应门；而在他们有事要出去的时候，便会拿一些一毛或者五分的硬币放在桌上，嘱咐我们，有人来要钱时就拿给人家。

我们这些小孩从来都不会搞错，什么人是来拜访我们的，什么人是来要钱的。因为来要钱的人虽然长得都不一样，却都有着相同的表情，一种很严肃、很无奈的表情。他们虽然是在乞讨，却不像一个乞丐的样子。他们不哭、不笑、不出声，敲完了门以后，就安静地站在那里，等我们打开小窗，伸出一只小手，他们就会从我们手中接过那一毛钱或者是两个斗零（五分），然后转身慢慢走下楼去，从不道一声谢。

在一天之内，总会有七八个人，有时甚至十一二个人来到我家门前，敲门，拿了钱，然后走下楼去。我们虽然对那些人的面貌不太清楚，但是知道绝不会有人一天之内来两次；而且，也知道，在一个礼拜之内，同一个人也不会天天来。

我们不知道他们从哪里来，也不知道他们要去哪里。可是，我猜他们拿了钱以后是去街上的店里买面包皮吃的。我见过那种面包皮，是为了做三明治而切下的整齐的边，或者是隔了几天没卖出去的陈面包。给老板一毛钱，可以买上一大包。

有时候，在公寓左边那个高台上的修女办的医院也会发放这种面包皮，那些人常常在去过医院以后，绕到我们家来。我们家在三楼，可以看到他们一面嚼着面包皮一面低头向我们这边走来。他们从不会两个人一起来，总是隔一阵子出现一个孤单的人，隔一阵子传来几下敲门的声音。我和妹妹会争着挤上椅子，然后又很不好意思地打开那扇小窗，对着那年轻却憔悴的面孔，伸出我们的小手。

日子就这样一天一天地过去。夏季过去，我进了家后面山上的那所小学。学校有一条又宽又长的阶梯，下课时我常常从阶梯上跳着走回家。外婆总会在家门前的凤凰木下，带着妹妹和弟弟，微笑着迎接我。

学校的日子过得很快乐，后来妹妹也开始上学，我们在家的时间不多，放了学就喜欢在凤凰木底下消磨时间，树长得很高了。弟弟跟在我们身后跑来跑去，胖胖的小腿老会绊跤。

"姥姥，怎么现在都没人来跟我们要钱了呢？"有一天妹妹忽然想起来，问外婆。我也想起来了，他们为什么不来了？

外婆一句话也不说，只是深深地叹了口气，然后就牵着弟弟走开了，好像不想理我们两个，也不想理会我们的问题。

后来还是姐姐说出来的：家里情况日渐拮据，一家九口的担子越来越重，父母再也余不出钱来放在桌子上。有一天那些人来敲门时，父亲亲自打开了屋门，然后一次次地向他们解释，已经没有能力再继续帮助下去了。奇怪的是，那些一直不曾说过"谢谢"的人，在那时反而都向父亲深深地一鞠躬后才转身离去。

向几个人说过以后，其他的人好像也陆续知道了，两三天以后，就再也没有人来我们家，敲我们的门，然后安静地等待我们的小手出现了。姐姐还说："爸爸不让我们告诉你们这三个小的，说你们还小，不要太早知道人间的辛苦。可是，我觉得你们也该多体谅一下爸爸妈妈，别再整天叫着买这个买那个的了……"

姐姐在太阳底下眯着眼睛说这些话的样子，我到今天还记得很清楚。我不知道，我是不是从那天开始长大。我始终没有回答我学生的那个问题。

不是我不能，也不是我不愿；而是，我想要像我的父母所希望的那样，等到孩子们再长大一点的时候才告诉他们。要他们知道了以后，永远都不忘！ ❀

一竿冷

● 简　媜

千山鸟飞绝，万径人踪灭。

孤舟蓑笠翁，独钓寒江雪。

——唐·柳宗元

我常想，山比水更深奥吗？抑或水比山更辽阔？

是哪一个参访河山的古人，在踏破芒鞋之后说"仁者乐山，智者乐水"，成了古往今来，登临山水者的箴言。

山之仁，在于容纳参天古木，亦褓抱了任何一株愿意驻足的小草。既允许夜半狼嚎，空穴虎啸，又愿意开放枝叶，招待流浪的蝉嘶、迷路的啼鸟。山愿意合抱，让雨水注成湖泊，也愿意裂身，让瀑布发声。

山裸露在天空之下，任凭雷劈雨打；也忍住干旱季节不知从何而来的火燎。山仍然沉默，像一位仁者在希望与幻灭共生的人世上闭目养神。

水的流动多么像智慧之路。水从来不眷恋过往，流动是它唯一的宿命。水或回旋于礁石间，思索如何绕身而过，轻轻地扬弃了河道上的顽石，既不争辩，也毋庸和解，只派一匹青苔教导它们水的涵义。

至于飘落在水面的柳絮花片，水愿意负载它们，做它们的足，却在流程里教会它们，凡是离乡背井追寻更宽阔天地者必须永远是个孤独者。

水不曾允许它们在河面上发芽，遂在中途，慷慨地收留它们腐朽的体肤。就连天光云影，也无法沉淀为水的四肢，智者不宜耽溺，不宜收藏过多的身外之物。水草不断招摇，鱼群愿意繁殖以丰富水的仓廪，但水哉水哉，流动是唯一的命运，纯粹的命运。

水比山深谙随势应变的道理，烈雨只会丰沛它的力量，至于火，从来没有一场火在水面上进行。水只是它自己，千江与万川同一道宿命，朝着真理的海洋奔赴，为了呼应更辽阔的海洋的召唤，为了寻求更深沉的智慧。

雨岸桃李，是挥泪的宫女；那河腹的游鱼只是一群企图牵住水袖的童子，水回答它们，这一别就是永远了。

山与水的对话，回响在天地之间，当山以洪钟形的绿意招呼，水回应以短笛。像两位久未谋面却又不曾相忘的故友，一路循声对答。

"为何你总是赶路，难道万顷田地不值得你献身？一塘鱼肥不值得你孕育？你口口声声要与海洋会合，如果千江万川不汇聚为海，这世上的生灵岂不拥有更宽广的土地，锄出他们的家园，种植他们的米粟？"山问。

"我岂能成全短暂的荣华？如果千江万川耽溺于小小的宅舍，在草树鱼粮之中慢慢耗尽血脉，谁来成全沧海？谁显示给生灵，这繁花茂林的土地上有一片无法征服的海洋，像手中的繁华之钥无法开启永生的琉璃门。我多么希望微笑永远停留在子民脸上，但我更愿意海洋启示他们关于不可捉摸、无法猜测的生之奥秘。幻灭是唯一能洗尽他们脸上的油脂，教他们做一个谦卑的人，做一个缄默的人！"水答。"那么，我是你的反面了。生之短暂是你我都知道的，我担忧狂啸的浪头席卷一切，把短暂生辰里仅有的欢乐吞没。是故，我愿意永远固守在此，至少这世上有一座高山是狂涛追赶不到的，他们可以携带妻儿到我的怀抱里躲避，我预先准备柴薪与蔬果，让他们取火升烟。

所有受苦的人看到烟，可以前来分食。如果，你执意以死亡惊吓他们，我亦执意张起绿荫，让他们在此成家、繁衍，以生命连接生命，以人造人，永远抵御你的偷袭！"

"你岂能抵挡无垠之海？如果再有一群愚公，愿意子子孙孙荷锄移山，拿你来填平海洋。就算你镇住了海，而你原来的位置也变成了海。这世上，有多少繁荣的山，便有多少幻灭之海；有多少生之贪爱，便有多少死之恐惧。你我岂是为敌的，我们一动一静，一实一虚，无非为了等待一个真正认识我们的人。他站在你的巅峰吟诵水的歌谣，他坐在我的河畔，默读山的倒影。他能自你的多情中谛听我，从我的无情里注释你啊！"

山仍然盘坐，为了裸抱；水仍然奔赴，为了幻灭。仁者以身为泥，种植希望；智者只是冷冷地观照。当死亡袭击生灵，肉身还给山，而眸底的人泪属于水。

山水的对话在冰封的寒冬里沉默了。却有一名蓑衣戴笠老人，走入山林，劈枝削叶，抖落一树雪花。他削成钓竿，以竿为杖，踏着银白的雪径直来到江畔。江面浮着薄冰，仿佛一江冻结的语言。

钓叟朝无垠的江面，抛出不丝之竿，在冥冥的冰雪地，在生与死都无话可说的时刻，他只为了问安，用山的管弦问候水的歌喉。❀

母 者

● 简 媜

黄昏，西天一抹残霞，黑暗如蝙蝠出穴啮噬剩余的光，被尖齿断颈的天空喷出黑血颜色，枯干的夏季总有一股腥。

辽阔的相思林像酷风季节涌动的黑云，中间一条石径，四周荒无人烟。此时，晚蝉乍鸣，千只万只，悲凄如寡妇，忽然收束，仿佛世间种种悲剧亦有终场，如我们企盼般。

木鱼与小磬引导一列队伍，近两百人多是互不相识的平民百姓、寻常布衣远从渔村、乡镇或都市不约而同会聚在此。他们是人父、人子更多是灰发人母，随着梵乐引导而虔诚称诵，三步一伏跪，从身语意之所生念四句忏悔文；有的用国语，有的用闽南语，有人痴心地多念一遍。路面碎石如刀锋，几处凹洼仍积着雨水，相思丛林已被黑暗占据，仿佛有千条万条野鬼在枝丫间摆荡、跳跃，嘲讽多情的晚蝉，讪笑这群匍匐的人们。

往前两里山腰有一简陋小寺，寺后岩缝流泉。据云在此苦修二十余载的老尼于圆寂前，曾加持这口活泉，愿它生生不息浇灌为恶疾所苦的人，愿一瓢冷泉安慰正在浴火的苍生。

当她荷月而归，一袭黑长衫隐入相思林小径，是否曾回眸远跳山下的万家灯火？蝉声凄切，她的心与世间合流，她痛他们所痛的。那一夜，是否如此时，风不动，星月不动？

两里似两千里般漫长，身旁的她肃穆凝重，黑暗中很难辨识碎石散布的方位，几度让她颠仆不起。她合掌称诵，跪伏，我忽然听到她自作主张在最后一句忏悔文后加上女儿的名字，听来像代她忏悔，又像一个平凡母亲因无力医治儿女疾病，自觉失责向苍天告罪！她牵袖抹去涕泪，继续合掌称诵，三步一跪拜，谨慎地压抑泣声，深怕惊扰他人祷告。她生平最怕舟车，途中四小时车程已呕吐两次，此时一张脸青白枯槁，身子仍在微微颤抖。我悄言问她：歇一会儿好吗？她抿紧嘴唇用力摇头，继续合掌称诵观世音，跪拜，噙泪念着"一切我今皆忏悔……"白发覆盖下凹陷的眼睛，如一口活泉。

若不是爱已医治不了所爱的，白发苍苍的老母亲，你何苦下跪？然而，我只是倾听蜕蝉悲歌，心无所求，因一切不可企求。独自从队伍中走出，坐在路边石头上。微风开始摇落相思花，三朵，五朵，沾着朝山徒众的衣背，也落在我头上。从我脚边经过，这列跪伏队伍肃穆且卑微，蝉歌与诵唱交鸣的声音令我冰冷，仿佛置身无涯雪地，观看一滴滴黑白流过。又有几朵相思花落了。

我的眼睛应该追寻天空的星月，还是跪伏的她？那枯瘦的身影有一股慑人的坚毅力量，超出血肉凡躯所能负荷的，令我不敢正视，不能再靠近，她不需要来扶持，她已凝炼自己如一把闪耀寒光的剑。那么，飘落的相思花就当作有人从黑空中掉落的拭剑之泪吧！

我甚至不能想象一个女人从什么时候开始拥有这股力量，仿佛吸纳恒星之阳刚与星月的柔肠。萃取狂风暴雨并且偷窃了闪电惊雷，逐年逐月在体内累积能量，终于萌发一片沃野。那浑圆青翠的山峦蕴藏丰沛的蜜奶，宽厚的河岸平原筑着一座温暖宫殿，等待孕育奇迹。她既然储存了能量，便必须依循能量所来源的那套大秩序，成为其运转的一支。她内在的沃野不隶属于任何人也不被自己拥有，她已是日升月沉的一部分，秋霜冬雪的一部分，也是潮汐的一部分。她可以选择永远封锁沃野让能量逐渐衰竭，终于荒芜；或停栖于欲望的短暂欢愉，拒绝接受欲望背后那套大秩序的指挥——要求她进行诱捕以启动沃野。选择封锁与拒绝，等同于独力抵抗大秩序的支配，她将无法从同性与异性族群取得有效力量以直接支援沉重的抵抗。她是宿命单兵，直到寻获足以转化孕育任务之事，慢慢垂下抵挡的手，安顿了一生。

然而，一旦有了爱，蝴蝶般的爱不断在她心内扇翅，就算躲藏于荒草丛仰望星空，亦能感受熠熠繁星朝她拉引，邀她一起完成瑰丽的星系；就算掩耳于海洋中，亦被大涛赶回沙岸，要她去种植陆地故事，好让海洋永远有喧哗的理由。

蝴蝶的本能是吮吸花蜜，女人的爱亦有一种本能：采集所有美好事物引诱自己进入想象，从自身记忆煮茧抽丝并且偷摘他人经验之片段，想象繁殖成更丰饶的想象，织成一张华丽的密网。与其说情人的语汇支撑她进行想象，不如说是一种呼应——亘古运转不息的大秩序暗示了她，现在，她忆起自己是日月星辰的一部分，山崩地裂的一部分，潮汐的一部分。想象带领她到达幸福巅峰接近了绝美，远超过现实世间所能实践的。她随着不可思议的温柔而回飞，企望成为永恒的一部分；她抚触自己的身体，仿佛看到整个宇宙已缩影在体内，她预先看见完美的秩序运作着内在沃野；河水高涨形成护河捍卫宫殿内的新生，无数异彩蝴蝶飞舞，装饰了绚烂的天空，而甘美的蜜奶已准备向山颠奔流而下……她决定开动沃野，全然不顾另一股令人战栗的声音询问：

"你愿意走上世间充满痛苦的那条路？"

"你愿意自断羽翼、套上脚镣、终其一生成为奴隶？"

"你愿意独力承担一切苦厄，做一个没有资格绝望的人？"

"你愿意舍身割肉，喂养一个可能遗弃你的人？"

"我愿意！"

"我愿意！"

"我愿意成为一个母亲！"她承诺。

那么，手中的相思花就当作来自遥远夜空的不知名星子赐下的一句安慰吧！柔软的花瓣搓揉后散出淡薄香味，没有悲的气息，也不嗟哦，安慰只是安慰本身，就像人的眼泪最后只是眼泪，不控诉谁或懊悔什么。种种承诺，皆是火燎之路，承诺者并非不知，却视之如归。一个因承诺成为母亲而身陷火海的女人，必定看到芒草丛下，蚊蝇盘绕的那口铜柜，上面有神的符缮："你做了第一次选择成为母亲，现在，我给你第二次选择也是最后一次：里头有遗忘的果子与一杯血酒，你饮后便能学会背叛，所有在你身上盘桓的苦厄将消灭，你重新恢复完整的自己，如同从未孕育的处女。"

她会打开吗？我仰问众星，她会打开吗？是的，她曾经想要打开。多年前，当我仍是懵懂的中学生寄宿亲戚家，介绍所老板带一位从南部来的女人，应征女佣。她约莫三十岁，像一枝瘦笋，背着布包及装拉杂什物的白兰洗衣粉塑胶袋。她留给我的第一个印象不算好，过于拘谨，仿佛惧怕什么以至于表情僵硬。她留下来了，很熟稔地进厨房——出于一种本能，无须指点即能在陌生家庭找到扫把、洗衣粉、菜刀和砧板的位置。我不知道她的来历也缺乏兴趣探问，只强迫自己接受一张不会笑的脸将与我同睡一房。然而次日，我开始发现她的注意力放在那部黑色转盘电话上，闷闷地撕着四季豆"啪哒"一折，丢入菜篓。黄昏快来了，饿肚子的时刻，我告诉她可以用电话，她腼腆地摇头，继续折豆子。然后，隔房的我听到拨动转盘，很多数字，漫长地转动，像绞肉机，但是没听到讲话声；静默的时间不像没人接，她挂断。厨房传来锅铲声。

当天深夜，也许凌晨了。我起来如厕，发现隔着屏风的那张床空了。我蹑手蹑脚在黑暗中搜寻，有一种窥伺的紧张感。最后从半掩着门的孩子房瞥见她的背影。三岁与六岁的表弟同睡双人床上，像所有白天顽皮的男童到了夜间乖巧地酣睡；她坐在椅子上低声啜泣，因压抑而双肩抖动，没发觉躲在门后的我。她轻轻抚摸孩子的脚，虚虚实实怕惊醒他；我从未在黑暗中隔着一步之遥窥伺一个陌生女人的内心，也许我的母亲曾用同样手势在夜里抚摸我，只是从不让我知道。当她忘情地搂着表弟的一只脚，埋头亲吻他的脚板，我的心仿佛被匕首刺穿，超越经验与年龄的一滴泪在眼眶打转，忽然明白她真正的身份不是女佣，而是一个母亲，一个抛下孩子离家出走的母亲！沉默的电话只为了听听孩子的声音。

"你虽然赐我第二次选择的机会，然而既已选择成为人间母者，在宇宙生息不灭的秩序面前，我身我心皆是圣坛上的牲礼，忠实于第一次选择，如武士以圣战为荣耀，不管世人将视我如草芥奴隶，嘲讽我是愚痴的女人。啊！神，请收回你的铜柜，看在我孩子的面上！"

第三天，她辞职。

众星沉默。朝拜的人群已消失踪影，远处依然传来梵音，轻轻敲打夜空以及夜空之外更辽阔的夜空。山，似乎在梵唱中吟哦起来，眼前的碎石路被月光照软了，看来像一匹无限延伸的白绢。我垂目静坐，亦能照见绢上布满使徒的足印，以身以口以意，以一切为人的尊严。若这绢上直竖刀林，那足印便有血迹；若是火炬，便是燎泡。清凉的晚风，我是如此懦弱从人群中脱逃，你可愿意代我吹熄她身上的火苗。

她始终不是逃兵，从守寡的那天起。为自己的选择奋战，像萧萧易水畔的荆轲。你吹拂原野，掠过城镇，当明了男人社会里的女人是无声的一群，而寡妇更是次等公民，除了是非多，账单更多。她具备钢铁般的意志又不灭温婉善良，你不得不相信，蝴蝶与坦克可以并存于一个女人身上。然而，我们应该怎样理解命运？巨灾锻炼她成为生命战场上的悍将，还是她拥有至刚极柔的禀赋，便注定要不断承受巨灾。她钟爱的女儿在豆蔻年华染上恶疾，从此变得外表年轻貌美而心智行为如同一头野兽。是的，倾听的风，童话故事中美女的爱使野兽破除诅咒恢复人形，但是，什么样的爱能使美女拔除窝藏在体内那头指挥她啮噬衣服，尖叫嘶喊，朝每个人脸上吐唾沫的野兽呢？如果以往那位娟秀温柔的美女仍有一丝清明，她会伏跪祈求世人赐她死；而野兽捂住她的口，野兽说："我要长命百岁！"

吟哦的风，悲剧来自两难；老母亲以己饥度女儿之饥，以己渴度女儿之渴，一日三餐，沐浴更衣，把她喂养得强壮有力，于是嘶喊更尖锐，唾沫更丰沛，殴击母亲的臂膀愈来愈像铁棍。你或许会怒号，何不让她断粮衰竭？人可能在生死决胜的战役中，虐杀战俘，视他人生命如草芥蝼蚁，这是战争的罪恶之处，它逼迫人成为邪魔的俘虏，然而，人衷心向往恒常的共体和谐，不忍在盛宴桌上听到丐者喊饿，不忍轻裘华服自冻尸身旁走过。世间之所以有味，在于这众苦汇聚的道场中，视他人灾厄为己身灾厄，他人之苦为自己苦楚的一部分。何况母亲，她既在最初承诺成为人间母者，她的生命已服膺生生不息的规律，只有不断孕育生、赐予生、扶养生，而丧失断生、杀生的能力。不管她的孩子畸形弱智，被浅薄者视作瘟疫，遭社群遗弃，她们也会忠贞于生生不息的母者精神，让生命的光在孩子身上实践。啊！悲悯的风，当她隔着纱窗搓洗衣服，看到窗内的女儿贞洁美丽一如往昔，忍不住停下工作，打开门锁，进房想拥抱女儿，却顿遭野兽般捶打时，你是否愿意透露第十年还是二十年后的拥抱将会成真。届时，年逾中年的女儿会扎扎实实抱着瘦骨嶙峋的老母，说："妈妈，我好像做了一场噩梦！"

窗外，玉兰树与夜来香交替散发清香，窥伺的风，你一定看到夜深人静时刻，体内的猛兽逐渐盹睡，美女拥有短暂时光，乖顺地让母亲搂着同眠，你听到苍老的声音问："还记不记得小时候教你的童谣？陪妈妈唱好不好？"蝴蝶，蝴蝶生得真美丽，蝴蝶，蝴蝶生得真美丽……

啊，漂泊的风，你终于能理解，等待寂静之夜一只蝴蝶飞回来，是她的全部安慰了。

如果有一天，她在生命尽头用最后一把力气带走女儿，你是否愿意吹拂她们坟前的青草，不怒斥她是失职的母亲？你愿意邀约无数异彩蝴蝶，当甜美的子夜，她们又唱起这首童谣？

梵音寂然，万籁止息，已到吹灯就寝时刻了。想必此时众人围聚泉边，祈请佛泉。蝉，是天地间的禅者，悲悯永恒的空无；深夜听蝉，喜也放下，悲也放下。

那年盛夏，午蝉喧哗，一波波涌入充满药味的家属休息室。有的人很快移出，意味着有人自加护病房送普通病房；有的人迁入，表示某人刚被送入对门的加护室。这间六坪大的休息室像一面镜子，可清晰地看到人与他们亲人之间的牵绊关系。那对夫妇占去两张长椅，早上我刚来时，六十多的外省丈夫含着牙刷一面走一面刷，五十来岁操劳过度的本省太太正在叠被。家当、什物堆叠在茶几上，她喊丈夫把被子塞到柜子上头，他才边走边刷，像所有嗓门很大、服从太太的退伍老兵。他们看起来像房客了，毫无疑问，躺在加护病房的必是儿女。

这是难以理解的抵触，父母可以为儿女打一场长期抗战，反过来，儿女却鲜能如此。

我无意间知道是儿子。等公用电话时，她平静如常交代对方去买一套西装，报了尺寸，若西服店没有，殡仪馆应该有，立刻去买，要准备办了。她卷发翻飞，衣裤皱得像霉干菜，趿着拖鞋进休息室，好像打电话叫瓦斯行送一桶瓦斯而已。

近午时分，白衬衫、黑西装送来了。她抖开衬衫似乎不甚满意，戴上老花眼镜拆开袖子与腰身边线，穿针引线缝了起来。做母亲的最了解儿子身量，最后一套衣服更要体面才行，免得到冥府被讥为没人疼的，做娘的没面子。课诵之余，我瞥见茶几上供奉一尊小小的观音像。她咬断线头，又穿新线，像寻常日子里对丈夫唠唠叨叨柴米油盐般说："我们不可以说他不孝，这样他下地狱就会被打。他才十九岁，也不是生病拖累我们，今天要死也不是他愿意的，哪里对不起我们？如果我们做他父母的，心里讲他不孝，那他就会被打，不孝子会被打你知不知道！"

午窗一会儿冷一会儿热，玻璃带雾；虔诚的蝉，在你们合诵的往生咒中，我仿佛看见十九岁的他晃悠悠地走进来，扶着墙问："妈，衣服好了吗？"

一定有甘美的处所，我们可以靠岸；让负轭者卸下沉重之轭，恶疾皆有医治的秘方。

我们不需要在火宅中乞求甘霖，也毋需在大雪纷飞的夜里赶路，恳求太阳施舍一点温热。

在那里，母者不必单独吃苦，孩子已被所有人放牧。

微风吹拂黑暗，夜翻过一页，是黎明还是更深沉的黑？她从石径那头走来，像提着战戟的夜间武士，又像逆风而飞的蝴蝶。

掌中的相思花只剩最后一朵，随手放入她的衣袋。

日子总会过完的，当作承诺。✿

美丽的茧

● 简 桢

让世界拥有它的脚步，让我保有我的茧。当溃烂已极的心灵再不想做一丝一毫的思索时，说让我静静回到我的茧内，以回忆为睡榻，以悲哀为覆被，这是我唯一的美丽。

曾经，每一度春光惊讶着我赤热的心肠。怎么回事呀？它们开得多美！我没有忘记自己站在花前的喜悦。大自然一花一草生长的韵律，教给我再生的秘密。像花朵对于季节的忠实，我听到杜鹃颤微微的倾诉。每一度春天之后，我更忠实于我所深爱的。

如今，仿佛春已缺席。突然想起，只是一阵冷寒在心里，三月春风似剪刀啊！

有时，把自己交给街道，交给电影院的椅子。那一晚，莫名其妙地去电影院，随便坐着，有人来赶，换了一张椅子，又有人来要，最后，乖乖掏出票看个仔细，摸黑去最角落的座位，这才是自己的。被注定了的，永远便是注定。突然了悟，一切要强都是徒然，自己的空间早已安排好了，一出生，便是千方百计要往那个空间推去，不管愿不愿意。乖乖随着安排，回到那个空间，告别缤纷的世界，告别我所深爱的，回到那个一度逃脱、以为再也不会回去的角落。当铁栅的声音落下，我晓得，我再也出不去。

我含笑地躺下，摊着偷回来的记忆，一一检点。也许，是知道自己的时间不多，也许，很宿命地直觉到终要被遣回，当我进入那片缤纷的世界，便急着把人生的滋味一一尝遍。很认真，也很死心塌地，一衣一衫，都还有笑声，还有芳馨。我是要仔细收藏的，毕竟得来不易。在最贴心的衣袋里，有我最珍惜的名字，我仍要每天唤几次，感觉那一丝温暖。它们全曾真心真意待着我。如今在这方黑暗的角落，怀抱着它们入睡，已是我唯一能做的报答。

够了，我含笑地躺下，这些已够我做一个美丽的茧。

每天，总有一些声音在拉扯我，拉我离开心狱，再去找一个新的世界，一切重新再来。她们比我珍惜我，她们千方百计要找那把锁解我的手铐脚镣，那把锁早已被我遗失。我甘愿自裁，也甘愿遗失。对一个疲惫的人，所有的光明正大的话都像一个个彩色的泡沫，对一个薄弱的生命，又怎能命它去铸坚强的字句？如果死亡是唯一能做的，那么就任它的性子吧！这是慷慨。

强迫一只蛹去破茧，让它落在蜘蛛的网里，是否就是仁慈？

所有的鸟儿都以为，把鱼举在空中是一种善举。

有时，很傻地暗示自己，去走同样的路，买一模一样的花，听熟悉的声音，遥望那扇窗，想象小小的灯还亮着，一衣一衫装扮自己，以为这样，便可以回到那已逝去的世界，至少至少，闭上眼，感觉自己真的在缤纷之中。

如果，有醒不了的梦，我一定去做；

如果，有走不完的路，我一定去走；

如果，有变不了的爱，我一定去求。

如果，如果什么都没有，那就让我回到宿命的泥土！这二十年的美好，都是善意的谎言，我带着最美丽的部分，一起化作春泥。

可是，连死也不是卑微的人所能大胆妄求的。时间像一个无聊的守狱者，不停地对我玩着黑白牌理。空间像一座大石磨，慢慢地磨，非得把人身上的血脂榨压竭尽，连最后一滴血水也滴下时，才肯利落地扔掉。世界能亘古地拥有不乱的步伐，自然有一套残忍的守则与过滤的方式，生活是一个刽子手，刀刃上没有明天。

面对临暮的黄昏，想着过去，一张张可爱的脸孔，一朵朵笑声……一分一秒年华……一些黎明，一些黑夜……一次无限温柔生的奥妙，一次无限狠毒死的要挟。被深爱过，也深爱过。认真地哭过，也认真地求生，认真地在爱。如今呢？……人世一遭，不是要来学认真地恨，而是要来领受我所该得的一份爱。在我活着的第二十个年头，我领受了这份赠礼，我多么兴奋地解开漂亮的结，祈祷是美丽与高贵的礼物。当一对碰碎了的晶莹琉璃在我颤抖的手中，我能怎样？认真地流泪，然后呢？然后怎样？回到黑暗的空间，然后又怎样？认真地满足。

当铁栅的声音落下，我知道，我再也无法出去。

趁生命最后的余光，再仔仔细细检视一点一滴。把鲜明生动的日子装进，把熟悉的面孔、熟悉的一言一语装进，把生活的扉页，撕下那页最重最钟爱的，也一并装入，自己要一遍又一遍地再读。把自己也最后装入，苦心在二十岁，收拾一切灿烂的结束。把微笑还给昨天，把孤单还给自己。

让懂的人懂，

让不懂的人不懂；

让世界是世界，

我甘心是我的茧。🐝

月在青草榻上

● 简 媜

　　歇宿在叠叠的岩石边，暮色看起来像一张稀薄的渔网，网住了几颗幽微的远星、一个游动的人。

　　蛇藤盘绕于树干间，我采来柔嫩的青草，铺设于地，今夜就结巢于此吧！

　　白日里拾级而上，几经蜿蜒，倒看出这山的走势：山势如一条游龙，峦与峦接合又相互推动，我藏身的这山便被另一座更浑厚的大山所怀抱，形成转弯的姿态。两山之间的空隙就由瀑布来弥补。我必须登临得更高，才能亲闻瀑布的呼啸，此时在我不远之处，只是化身为山涧而已。也许明晨，唤我醒来的，会是涧水那温柔的声音吧！

　　那么，晨间两位洗衣的姑娘，也与我共饮一涧水了。山底的村落已到吹灯时刻，她们已将心事折叠了，连同今日的衣裳放进柜子里了吧？村落在我眼下，已被深蓝的夜色拥抱着，偶有孤灯缓缓前进，那该是迟归的夜行者！他以为自己最晚了，怎能测知还有更晚的人正目送他回归？

　　山的黑夜，让我分外沉静。从来不曾发现在完全的沉静里有一丝甘美，那味道不在舌，不在耳畔，也不在眼睛，仿佛是从我躺卧的青草茎里漫溢出来的，又像从遥远而又接近的地方而来。水溅在岩石上传来一种回音，引起了我甘美的想象。但当我刻意去追索，青草与水声又失去原先的甘美了。

我被自己欺蒙了吧？

沉静之所以甘美，是因为我的心与山悄悄结合了；而山何尝停滞过？夜色的浓淡、星空里星子的移动、山涧的流畅、花树的繁复，以及不知憩息于何处洞穴的兽的鼾声，共同和弦才完成山的笙歌——所有的生灵放弃了他们的武装，才得以如此静好。

我所体会的甘美，便是在无所欲求的心境下，成全了山又分享了山的馨香。

姑娘们窗前的桂花会在夜间飘落吗？若我已经呼吸了远村飘来的桂香，我也要欣然同意，她们也与我分享这一份静美了。

至于迟来的月与惊呼的鸟啼，就让山涧安抚它们吧！山的笙歌不押韵，更能容纳弦外之音。

但那羞愧的月亮似乎为自己的莽撞感到不安，悄声地走了。春山夜静，待我翻身，原来她已睡在我的青草榻上，忘了将灯吹熄。🐝

给我一个解释

● 张晓风

物理学家可以说，给我一个支点，给我一根杠杆，我就可以把地球撬起来；而我说，给我一个解释，我就可以再相信一次人世，我就可以接纳历史，我就可以义无反顾地拥抱这荒凉的城市。

一

后来，就再也没有见过那么美丽的石榴。石榴装在麻包里，由乡下亲戚扛了来。石榴在桌上滚落出来，浑圆艳红，微微有些霜溜过的老涩，轻轻一碰就要爆裂。爆裂以后则恍如什么大盗的私囊，里面紧紧裹着密密实实的、闪烁生光的珠宝粒子。

那时我五岁，住南京，那石榴对我而言是故乡徐州的颜色，一生一世不能忘记。

和石榴一样难忘的是乡亲讲的一个故事，那人口才似乎不好，但故事却令人难忘："从前，有对兄弟，哥哥老是会说大话，说多了，也没有人肯信了，但他兄弟人好，老是替哥哥打圆场。有一次，哥哥说：'你们大概从来没有看过刮这么大的风——把我家的井都刮到篱笆外头去啦！'大家不信，弟弟说：'不错，风真的很大，但不是把井刮到篱笆外头去了，是把篱笆刮到井里头来了！'"

我偏着小头，听这离奇的兄弟对话，自己也不知道自己被什么所感动，只觉心头沉甸甸的，跟装满美丽石榴的麻包似的，竟怎么也忘不了那故事里活龙活现的两兄弟。

四十年来家园，八千里地山河，那故事一直尾随我，连同那美丽如神话如魔术的石榴，全是我童年时代好得介乎虚实之间的东西。

四十年后，我才知道，当年感动我的是什么——是那弟弟娓娓的解释，那言语间有委曲、有温柔、有慈怜和悲悯，或者，照儒者的说法，是有恕道。

长大以后，又听到另一个故事，讲的是几个人在联句（或谓其中主角乃清代画家金冬心），为了凑韵脚，有人居然冒出一句"飞来柳絮片片红"的句子。大家面面相觑，不知此人为何如此没常识，天下柳絮当然都是白的，但"白"不押韵，奈何？解围的才子出面了，他为那人在前面凑加了一句："夕阳返照桃花渡"，那柳絮便立刻红得有道理了。我每想及这样的诗境，便不觉为其中的美感瞠目结舌。三月天，桃花渡口红霞烈山，一时天地皆朱，不知情的柳絮一头栽进去，当然也活该要跟万物红成一气。这样动人的句子，叫人不禁要俯身自视，怕自己也正站在夹岸桃花和落日夕照之间，怕自己的衣襟也不免沾上一片酒红。《圣经》上说："爱心能遮过错。"在我看来，因爱而生的解释才能把事情美满化解。所谓化解不是没有是非，而是超越是非。就算有过错也因那善意的解释如明矾入井，遂令浊物沉淀，水质复归澄莹。

女儿天性浑厚，有一次，小学年纪的她对我说："你每次说五点回家，就会六点回来，说九点回家，结果就会十点回来——我后来想通了，原来你说的是出发的时间，路上一小时你忘了加进去。"

我听了，不知该说什么。我回家晚，并不是因为忘了计算路上的时间，而是因为我生性贪溺，贪读一页书、贪写一段文字、贪一段山色……而小女孩说得如此宽厚，简直是鲍叔牙。两千多年前的鲍叔牙似乎早已拿定主意，无论如何总要把管仲说成好人。两人合伙做生意，管仲多取利润，鲍叔牙说："他不是贪心——是因为他家穷。"管仲三次做官都给人辞了，鲍叔牙说："不是他不长进，是他一时运气不好。"管仲打三次仗，每次都败亡逃走，鲍叔牙说："不要骂他胆小鬼，他是因为家有老母。"鲍叔牙赢了，对于一个永远有本事把你解释成圣人的人，你只好自律自策，把自己真的变成圣人。

二

"述而不作"，少年时代不明白孔子何以要作这种没有才气的选择，我却只希望作而不述。但岁月流转，我终于明白，述，就是去悲悯、去认同、去解释，有了好的解释，宇宙为之端正，万物由此含情。一部希腊神话用丰富的想象解释了天地四时和风霜雨露。譬如说，朝露，是某位希腊女神的清泪；月桂树，则被解释为阿波罗钟情的女子。

农神的女儿成了地府之神的妻子，天神宙斯裁定她每年可以回娘家六个月。女儿归宁，母亲大悦，土地便春回。女儿一回夫家，立刻草木摇落众芳歇，农神的恩宠也翻脸无情——季节就是这样来的。

而莫考来是平原女神和宙斯的儿子，是风神，他出世第一天便跑到阿波罗的牧场去偷了两条牛来吃（我们中国人叫"白云苍狗"，在希腊却成了"白云肥牛"）——风神偷牛其实解释了白云经风一吹，便消失无踪的神秘诡异。

神话至少有一半是拿来解释宇宙大化和草木虫鱼的吧？如果人类不是那么偏爱解释，也许根本就不会产生神话。

而在中国，共工与颛顼争帝，怒而触不周之山，在一番"折天柱、绝地维"之后（是回忆古代的一次大地震吗？），发生了"天倾西北，地陷东南"的局面。天倾西北，所以星星多半滑到那里去了；地陷东南，所以长江黄河便一路向东入海。

而埃及的沙碛上，至今屹立着人面狮身的巨像。中国早期的西王母则"其状如人，豹尾，虎齿，穴处"，女娲也不免"人面蛇身"。这些传说解释起来都透露出人类小小的悲伤，大约古人对自己的头部是满意的，至于这副躯体，他们却多少感到自卑，于是最早的器官移植便完成了，他们把人头下面换接了狮子、老虎或蛇、鸟什么的。说这些故事的人恐怕是第一批同时为人类的极限自悼、而又为人类的敏慧自豪的人吧！

而钱塘江的狂涛，据说只由于伍子胥那千年难平的憾恨；雅致的斑竹，全是妻子哭亡夫洒下的泪水……

解释，这件事真令我入迷。

三

有一次，在大英博物馆里看东西，而这大英博物馆，由于东西多为大英帝国全盛时期搜刮来的，几乎无所不藏。书画古玩固然多，连木乃伊也列成军队一般，供人检阅。木乃伊还好，毕竟是密封的，不料走着走着，居然看到一具枯尸，赫然趴在玻璃橱里：浅色的头发，仍连着头皮，头皮绽开处，露出白得无辜的头骨，这人还有个奇异的外号叫"姜"，大概兼指他姜黄的肤色和干皱如姜块的形貌吧！这人当时是采用西亚一带的沙葬，热沙和大漠阳光把他封存了四千年，他便如此简单明了地完成了不朽，不必借助事前的金缕玉衣，也不必事后塑起金身——这具尸体，他只是安静地趴在那里，便已不朽，真不可思议。

但对于这具尸体的"屈身葬"，身为汉人，却不免有几分想不通。对汉人来说，"两腿一伸"就是死亡的代用语，死了，当然得直挺挺地躺着才对。及至回台，偶然翻阅一篇人类学的文章，内中提到"屈身葬"。那段解释不知为何令人落泪。文章里说："有些民族所以采用屈身葬，是因为他们认为死亡而埋入土里，恰如婴儿重归母胎，胎儿既然在子宫中是屈身，人死入土亦当屈身。"我于是想起大英博物馆中那不知名的西亚男子，想起在兰屿岛雅美人的葬地里一代代的死者，啊——原来他们都在回归母体。我想起我自己，睡觉时也偏爱"睡如弓"的姿势，冬夜里，尤其喜欢蜷曲如一只虾米。

多亏那篇文章的一番解释，这以后我再看到"屈身葬"的民族，不会觉得他们死得离奇，反而觉得无限亲切——只因他们比我们更像大地慈母的孩子。

四

神话退位以后，科学所做的事仍然还是不断地解释。何以有四季？他们说，因为地球的轴心跟太阳成二十三度半的倾斜。原来地球恰似一侧媚的女子，绝不肯直瞪着看太阳，她只用眼角余光斜斜一扫，便享尽太阳的恩宠。何以有天际彩虹，只因万千雨珠一一折射了日头的光彩。至于潮汐呢？那是月亮一次次致命的骚扰所引起的亢奋和萎顿。还有甜沁的母乳为什么那么准确无误地随着婴儿出世而开始分泌呢（无论孩子是早产或晚产）？

那是落盘以后，自有讯号传回，通知乳腺开始泌乳……科学其实只是一个执拗的孩子，对每一件事物好奇，并且不管死活地一路追问下去……每一项科学提出的答案，我都觉得应该洗手焚香，才能翻开阅读，其间吉光片羽，件件都是天机乍泄，科学提供宇宙间一切天工的高度业务机密，这机密本不该让我们凡夫俗子窥伺知晓，所以我每听到一则生物的或生理的科学知识，总觉敬慎凛栗，心悦诚服。

诗人的角色，每每也负责作"歪打正着"式的解释。"何处合成愁？"宋朝的吴文英作了成分分析以后，宣称那是来自"离人心上秋"。东坡也提过"春色三分，二分尘土，一分流水"的解释，说得简直跟数学一样精确，那无可奈何的落花，三分之二归回了大地，三分之一逐水而去。元人小令为某个不爱写信的男子辩解也煞为有趣："不是不修书，不是无才思，绕清江，买不得天样纸。"这么寥寥几句，已足令人心醉，试想那人之所以尚未修书，只因觉得必须买到一张跟天一样大的纸才够写他的无限情肠啊！

五

除了神话和诗，红尘素居，诸事碌碌中，更不免需要一番解释了。记得多年前，有次请人到家里屋顶阳台上种一棵树兰，并且事先说好了，不活包退费的。我付了钱，小小的树兰便栽在花圃正中间。一个礼拜后，它却死了。我对阳台上一片芬芳的期待算是彻底破灭了。我去找那花匠，他到现场验了树尸，我向他保证自己浇的水既不多也不少，绝对不敢造次。他对着夭折的树苗偏着头呆看了半天，语调悲伤地说："可是，太太，它是一棵树呀！树为什么会死，理由多得很呢——譬如说，它原来是朝这方向种的，你把它拔起来，转了一个方向再种，它就可能要死！这有什么办法呢？"

他的话不知触动了我什么，我竟放弃退费的约定，一言不发地让他走了。

大约，忽然之间，他的解释让我同意，树也是一种自主的生命，它可以同时拥有活下去以及不要活下去的权利。虽然也许只是调了一个方向，但它就是无法活下去，不是有的人也是如此吗？我们可以到工厂里去订购一定容量的瓶子，一定尺码的衬衫，生命却不能容你如此订购的啊！

以后，每次走过别人墙头冒出来的、花香如沸的树兰，微微的惆怅里我总想起那花匠悲冷的声音。我想我总是肯同意别人的——只要给我一个好解释。

至于孩子小的时候，做母亲的糊里糊涂地便已就任了"解释者"的职位。记得小男孩初入幼稚园，穿着粉红色的小围兜来问我，为什么他的围兜是这种颜色。我说："因为你们正像玫瑰花瓣一样可爱呀！""那中班为什么就穿蓝兜？""蓝色是天空的颜色，蓝色又高又亮啊！"

"白围兜呢？大班穿白围兜。""白，就像天上的白云，是很干净很纯洁的意思。"他忽然开心地笑了，表情竟是惊喜，似乎没料到小小围兜里居然藏着那么多的神秘。我也吓了一跳，原来孩子要的只是那么少，只要一番小小的道理，就算信口说的，就够他着迷好几个月了。

十几年过去了，午夜灯下，那小男孩用当年玩积木的手在探索分子的结构。黑白小球结成奇异诡秘的勾连，像一扎紧紧的玫瑰花束，又像一篇布局繁复却条理井然、无懈可击的小说。

"这是正十二面烷。"他说，我惊讶这模拟的小球竟如此匀称优雅，黑球代表碳，白球代表氢，二者的盈虚消长便也算物华天宝了。

"这是赫素烯。"

"这是……"

我满心感激，上天何其厚我，那个曾要求我把整个世界一一解释给他听的小男孩，现在居然用他化学方面的专业知识向我解释我所不了解的另一个世界。

如果有一天，我因生命衰竭而向上苍祈求一两年额外的岁月，其目的无非是让我回首再看一看这可惊可叹的山川和人世，能多看它们一眼，便能多用悲壮的、虽注定失败却仍不肯放弃的努力再解释它们一次，并且也会欣喜地看到人如何用智慧、用言词、用弦管、用丹青、用静穆、用爱，一一对这世界做其圆融的解释。

是的，物理学家可以说，给我一个支点，我就可以把地球撬起来；而我说，给我一个解释，我就可以再相信一次人世，我就可以接纳历史，我就可以义无反顾地拥抱这荒凉的城市。🐝

母亲的羽衣

● 张晓风

讲完了《牛郎织女》的故事，细看儿子已经垂睫睡去，女儿却犹自瞪着坏坏的眼睛。

忽然，她一把抱紧我的脖子，把我坠得发疼："妈妈，你说，你是不是仙女变的？"

我一时愣住，只胡乱应道："你说呢？"

"你说，你说，你一定要说。"她固执地扳住我不放，"你到底是不是仙女变的？"

我是不是仙女变的？——哪一个母亲不是仙女变的？

像故事中的小织女，每一个女孩都曾住在星河之畔，她们织虹纺霓，藏云捉日，她们几曾烦心挂虑？她们是天神最偏怜的小女儿，她们终日临水自照，惊讶于自己美丽的羽衣和美丽的肌肤，她们久久凝视着自己的青春，被那份光华弄得痴然如醉。

而有一天，她的羽衣不见了，她换上了人间的粗布——她已决定做一个母亲。有人说她的羽衣锁在箱子里，她再也不能飞翔了，人们还说，是她丈夫锁上的，钥匙藏在极秘密的地方。

可是，所有的母亲都明白那仙女根本就知道箱子在哪里，她也知道藏钥匙的所在，在某个无人的时候，她甚至会惆怅地开启箱子，用忧伤的目光抚摸那些柔软的羽毛，她知道，只要羽衣一着身，她就会重新回到云端，可是她把柔软白亮的羽毛拍了又拍，仍然无声无息地关上箱子，藏好钥匙。

是她自己锁住那身昔日的羽衣的。

她不能飞了，因为她已不忍飞去。

而狡黠的小女儿总是偷窥到那藏在母亲眼中的秘密。

许多年前，那时我自己还是个小女孩，我总是惊奇地窥视着母亲。她在口琴背上刻了小小的两个字——"静鸥"，那里面有什么故事吗？那不是母亲的名字，却是母亲名字的谐音，她也曾梦想过自己是一只静栖的海鸥吗？她不怎么会吹口琴，我甚至想不起她吹过什么好听的歌，但那名字对我而言是母亲神秘的羽衣，她轻轻写那两个字的时候，她可以立刻变了一个人，她在那名字里是另外一个我所不认识的有翅的什么。

母亲晒箱子的时候是她另外一种异常的时刻，母亲似乎有些好东西，完全不是拿来用的，只为放在箱底，按时年年三伏天取出来曝晒。记忆中母亲晒箱子的时候就是我兴奋欲狂的时候。

母亲晒些什么，我已不记得，记得的是樟木箱又深又沉，像一个混沌黝黑初生的宇宙，另外还记得的是阳光下竹竿上富丽夺人的颜色，以及怪异却又严肃的樟脑味儿，以及我在母亲喝禁声中东摸摸、西探探的快乐。

我唯一真正记得的一件东西是幅漂亮的湘绣被面，雪白的缎子上，绣着兔子和翠绿的小白菜，以及红艳欲滴的小杨花萝卜。全幅上还绣了许多别的令人惊讶赞叹的东西，母亲一面整理，一面会忽然回过头说："别碰，别碰，等你结婚就送给你。"

我小的时候好想结婚，当然也有点害怕。不知为什么，仿佛所有的好东西都是等结婚就自然是我的了，我觉得一下子有那么多好东西也是怪可怕的事。

那幅湘绣后来好像不知怎么消失了，我也没有细问。对我而言，那么美丽得不近真实的东西，一旦消失，是一件合理得不能再合理的事。譬如初春的桃花，深秋的红枫，在我看来都是美丽得违了规的东西，是茫茫大化一时的错误，才胡乱把那么多的美堆到一种东西上去。桃花理该一夜消失的，不然岂不叫世人都疯了？

湘绣的消失对我而言，简直就是复归大化了。

但不能忘记的是母亲打开箱子时那份欣悦自足的表情，她慢慢地看着那幅湘绣，那时我觉得她忽然不属于周遭的世界，那时候她会忘记晚饭，忘记我扎辫子的红绒绳。她的姿势细想起来，实在是仙女依恋着羽衣的姿势，那里有一个前世的记忆，她又快乐又悲哀地将之一一拾起，但是她也知道，她再也不会去拾起往昔了——唯其不会重拾，所以回顾的一刹那特别的深情凝重。

除了晒箱子，母亲最爱回顾的是早逝的外公对她的宠爱。有时她胃痛，卧在床上，要我把头枕在她的胃上，她慢慢地说起外公。外公似乎很舍得花钱（当然也因为有钱），总是带她上街去吃点心，她总是告诉我当年的肴肉和汤包怎么好吃，甚至煎得两面黄的炒面和女生宿舍里早晨订的"冰糖"豆浆（母亲总是强调"冰糖"豆浆，因为那是比"砂糖"豆浆更为高贵的），都是超乎我想象力之外的美味。我每听她说那些事的时候，都惊讶万分——我无论如何不能把那些事和母亲联想在一起。我从有记忆起，母亲就是一个吃剩菜的角色，红烧肉和新炒的蔬菜，简直就是理所当然地放在父亲面前的，她自己的面前永远是一盘杂拼的剩菜和一碗"擦锅饭"（擦锅饭就是把剩饭在炒完菜的锅中一炒，把锅中的菜汁擦干净了的那种饭），我简直想不出她不吃剩菜的时候是什么样子。

而母亲口里的外公、上海、南京、汤包、肴肉全是仙境里的东西，母亲每讲起那些事，总有无限温柔。她既不感伤，也不怨叹，只是那样平静地说着。她并不要把那个世界拉回来，我一直都知道这一点，我很安心，我知道下一顿饭她仍然会坐在老地方，吃那盘我们大家都不爱吃的剩菜。而到夜晚，她会照例一个门、一个窗地去检点、去上门。她一直负责把自己牢锁在这个家里。

哪一个母亲不曾是穿着羽衣的仙女呢？只是她藏好了那件衣服，然后用最黯淡的一件粗布把自己掩藏了，我们有时以为她一直就是那样的。

而此刻，那刚听完故事的小女儿鬼鬼地在窥视着什么。

她那么小，她由何得知？她是看多了卡通，听多了故事吧？她也发现了什么吗？

是在我的集邮本偶然被儿子翻出来的那一刹那吗？是在我拣出石涛画册或汉碑并一页页细味的那一刻吗？是在我猛然回首听他们弹一阕熟悉的钢琴练习曲的时候吗？抑或是在我带他们走过年年的春光，不自主地驻足在杜鹃花旁或流苏树下的一瞬间吗？

或是在我动容地托住父亲的勋章或童年珍藏的北平画片的时候，或是在我翻拣夹在大字典里的干叶之际，或是在我轻声地教他们背一首唐诗的时候……

是有什么语言自我眼中流出呢？是有什么音乐自我腕底泻过呢？为什么那小女孩会问道："妈妈，你是不是仙女变的呀？"

我掰开她的小手，救出我被吊得酸麻的脖子，我想对她说：

"是的，妈妈曾经是一个仙女，在她做小女孩的时候，但现在，她不是了，你才是，你才是一个小小的仙女！"

但我凝视着她晶亮的眼睛，只简单地说了一句：

"不是，妈妈不是仙女。你快睡觉。"

"真的？"

"真的！"

她听话地闭上了眼睛，旋即又不放心地睁开：

"如果你是仙女，也要教我仙法哦！"

　　我笑而不答，替她把被子掖好，她兴奋地转动着眼珠，不知在想些什么。

　　然后，她睡着了。

　　故事中的仙女既然找回了羽衣，大约也回到云间去睡了。

　　风睡了，鸟睡了，连夜也睡了。

　　我守在两张小床之间，久久凝视着他们的睡容。✽

常常，我想起那座山

● 张晓风

常常，我想起那座山。它沉沉稳稳地驻在那块土地上，像一方纸镇。美丽凝重，并且深情地压住这张纸，使我们可以在这张纸上写属于我们的历史。

有时是在市声沸天、市尘弥地的台北街头，有时是在拥挤而又落寞的公共汽车站，我总会想起那座山和山上的神木。那一座山叫拉拉山。

十一月，天气晴朗，薄凉。天气太好的时候我总是不安，看好风好日这样日复一日地好下去，我决心要到山里去一趟，一个人。一个活得很兴头的女人，既不逃避什么，也不为了出来"散心"——恐怕反而是出来"收心"，收她散在四方的心。

一个人，带一块面包，几只黄橙，去朝山谒水。

车行一路都是山，满山是宽大的野芋叶，绿得叫人喘不过气来。山色越来越矜持，秋色越来越透明。

车往上升，太阳往下掉，金碧的夕晖在大片山坡上徘徊顾却，不知该留下来依属山，还是追上去殉落日。和黄昏一起，我到了复兴，在日本时代的老屋过夜。

第二天我去即山，搭第一班车去。当班车像一只无桨无楫的舟一路荡过绿波绿涛，我一方面感到作为一个人一个动物的喜悦，可以去攀绝峰，但一方面也惊骇地发现，山，也来即我了。我去即山，越过的是空间，平的空间，以及直的空间。但山来即我，越过的是时间，从太初，它缓慢地走来，一场十万年或百万年的约会。当我去即山，山早已来即我，我们终于相遇。

路上，无边的烟缭雾绕。太阳蔼然地升起来。峰回路转，时而是左眼读水，右眼阅山，时而是左眼披览一页页的山，时而是右眼圈点一行行的水——山水的巨帙是如此观之不尽。

不管车往哪里走，奇怪的是梯田的阶层总能跟上来。中国人真是不可思议，他们硬是把峰壑当平地来耕作。我想送梯田一个名字——"层层香"。

巴陵是公路局车站的终点。像一切的大巴士的山线终站，那期间有着说不出来的小小繁华和小小的寂寞——一间客栈，一家兼卖肉丝面和猪头肉的票亭，车来时，扬起一阵沙尘，然后沉寂。

订了一辆计程车，我坐在前座，便于看山看水。司机是泰雅人。"拉拉是泰雅话吗？"我问，"是什么意思？"

"我也不知道，"他说，"哦，大概是因为这里也是山，那里也是山，山跟山都拉起手来了，所以就叫拉拉山啦！"

他怎么会想起用国语的字来解释泰雅的发音的？但我不得不喜欢这种诗人式的解释，一点也不假，他话刚说完，我抬头一望，只见活鲜鲜的青色一刷刷地刷到人眼里来，山头跟山头正手拉着手，围成一个美丽的圈子。

车虽是我一人包的，但一路上他老是停下载人，一会儿是从小路上冲来的小孩——那是他家老五，一会儿又搭乘一位做活的女工，有时他又热心地大叫："喂，我来帮你带菜！"看他连问都不问我一声就理直气壮地载人载货，我觉得很高兴。

"这是我家！"他说着，跳下车，大声跟他太太说话。他告诉我山坡上那一片是水蜜桃，那一片是苹果，"要是你三月末来，苹果花开，哼！"这人说话老是让我想起现代诗。

车子在凹凹凸凸的路上往前蹦着。我不讨厌这种路——因为太讨厌被平直光滑的大道把你一路输送到风景站的无聊。

"到这里为止，车子开不过去了，"约一个小时后，司机说，"下午我来接你。"

我终于独自一人了。独自来面领山水的晓谕。一片大地能昂起几座山？一座山能涌出多少树？一棵树里能秘藏多少鸟？鸟声真是种奇怪的音乐——鸟越叫，山越幽深寂静。

流云匆匆从树隙穿过。"喂！"我坐在树下，叫住云，学当年孔子，叫趋庭而过的鲤，并且愉快地问它："你学了诗没有？"

山中轰轰然全是水声，插手寒泉，只觉自己也是一片冰心在玉壶。而人世在哪里？当我一插手之际，红尘中几人生了？几人死了？几人灰情灭欲大彻大悟了？

记得小时老师点名，我们一举手说："在！"

当我来到拉拉山，山在。

当我访水，水在。

还有，万物皆在，还有，岁月也在。

转过一个弯，神木便在那里，跟我对望着。

心情又激动又平静，激动，因为它超乎想象的巨大庄严，平静，是因为觉得它理该如此，它理该如此妥帖地拔地擎天。它理该如此是一座倒生的翡翠矿，需要用仰角去挖掘。

往前走，仍有神木，再走，还有。这里是神木家族的聚居之处。

十一点了，秋山在此刻竟也是阳光炙人的。我躺在树下，卧看大树在风中梳着那满头青丝。

再走到那胸腔最宽大的一棵，直立在空无凭依的小山坡上，它被火烧过，有些地方劈剖开来，老干枯槁苍古，分叉部分却活着。怎么会有一棵树同时包括死之深沉和生之愉悦？那树多像中国！

中国？我是到山里来看神木，还是来看中国的？

坐在树根上，惊看枕月衾云的众枝柯。我们要一个形象来把我们自己画给自己看，我们需要一则神话来把我们自己说给自己听：千年不移的真挚深情，阅尽风霜的泰然壮矜，接受一个伤痕便另拓一片苍翠的无限生机。

在山中，每一种生物都尊严地活着，巨大悠久如神木，神奇尊贵如灵芝，微小如阴暗岩石上恰似芝麻点大的菌子，美如凤尾蝶，丑如小蜥蜴。甚至连没有生命的，也和谐地存在着，石有石的尊严，倒地而死无人凭吊的树尸也纵容菌子、蕨草、藓苔和木耳爬得它一身，你不由觉得那树尸竟也是另一种大地，它因容纳异己而在那些小东西身上又青青翠翠地再活了起来。

忽然，我听到人声。司机来接我了。

山风野水跟我聊了一天，我累了。

回到复兴，第二天清晨我走向渡头，我要等一条船沿水路带我到石门。一个农妇在田间浇豌豆。打谷机的声音不知从何处传来，我坐在石头上等船。

乌鸦在山岩上直嘎嘎地叫着，羽翅纯黑硕大，华贵耀眼。它们好像要说的太多，仓皇到极点反而只剩一声长噫："嘎……"船来了，但乘客只我一人，船夫定定地坐在船头等人。

我坐在船尾，负责邀和风，邀丽日，邀偶过的一片云影，以及夹岸的绿烟。

没有别人来，那船夫仍坐着。两个小时过去了，我付足了大伙儿的船资，促他开船。

山从四面叠过来，一重一重地，简直是绿色的花瓣——不是单瓣的那一种，而是重瓣的那一种——人行水中，忽然就有了花蕊的感觉，那种柔和的、生长着的花蕊，你感到自己的尊严和芬芳，你竟觉得自己就是张横渠所说的可以"为天地立心"的那个人。不是天地需要我们去为之立心，而是由于天地的仁慈，他俯身将我们抱起，而且刚刚好放在心坎的那个位置上。山水是花，天地是更大的花，我们遂挺然成花蕊。

回首群山，好一块沉实的纸镇。我们会珍惜的，我们会在这张纸上写下属于我们的历史。

我们所有的人，都拖延着不去生活，老是梦想着天边一座奇妙的玫瑰园，却偏偏不去欣赏今天就开放在我们窗口的玫瑰。❀

人人都爱听好话

● 张晓风

小时候过年，大人总要我们说吉祥话，但碌碌半生，竟有一天我也要教自己的孩子说吉祥话了，才惊觉这世间好话是真有的，令人思之不尽，但不是"升官""发财""添丁"这一类。好话是什么呢？冬夜的晚上，从爆白果的馨香里，我有一句没一句地想了起来。

你们爱吃肥肉还是瘦肉

讲故事的是个年轻的女佣人，名叫阿密。那一年我八岁，听善忘的她一遍遍重复讲这个她自己觉得非常好听的故事，不免烦腻。故事是这样的：

有个人啦，欠人家钱，一直欠，欠到过年都没有还哩，因为没有钱还嘛。后来那个债主不高兴了，他不甘心，所以到了吃年夜饭的时候，就偷偷跑到欠钱人的家里，躲在门口偷听，想知道他是真没有钱还是假没有钱。开饭了，那欠钱的说："今年过年，我们来大吃一顿，你们小孩子爱吃肥肉还是瘦肉？"（顺便插一句嘴，这是个老故事，那年头的肥肉、瘦肉都是无上美味）那债主站在门外，听得清清楚楚，气得要死，心里想，你欠我的钱，害得我过年不方便，你们自己原来还有肥肉、瘦肉拣着吃哩！他一生气，就冲进屋里，要当面给他好看。等跑到桌前一看，哪里有肉，只有一碗萝卜一碗番薯，欠钱的人站起来说："没有办法，过年嘛，萝卜就算是肥肉，番薯就算是瘦肉，小孩子嘛！"

原来他们的肥肉就是白白的萝卜，瘦肉就是红红的番薯。他们是真穷啊，债主心软了，钱也不要了，跑回家去过年了。

许多年过去了，这个故事每到吃年夜饭时总会自动回到我的耳畔，分明已是一个不合时宜的老故事，但那个穷父亲的话多么好啊，难关要过，礼仪要守，钱却没有，但只要相恤相存，菜根也自有肥腴厚味吧！

在生命宴席极寒俭的时候，在关隘极窄极难过的时候，我仍要打起精神对自己说："喂，你爱吃肥肉还是瘦肉？"

好咖啡总是放在热杯子里的

经过罗马的时候，一位认识不久的朋友执意要带我们去喝咖啡。

侍者从一个特殊的保暖器里为我们拿出杯子，我捧在手里，忍不住惊讶道："咦，这杯子本身就是热的哩！"

侍者转身，微微一躬，说："女士，好咖啡总是放在热杯子里的！"他的表情既不兴奋，也不骄矜，甚至连广告意味的夸大也没有，只是淡淡地在说一件天经地义的事而已。

是的，好咖啡总是应该斟在热杯子里的，凉杯子会把咖啡带凉了，香气想来就会蚀掉一些。

原来连"物"也是如此自矜自重的，《庄子》中的好鸟择枝而栖，西洋故事里的宝剑深没石中，等待大英雄来抽拔，都是一番万物的清贵，不肯轻易亵慢了自己。古代的禅师每从喝茶食粥中感悟众生，不知道罗马街头那端咖啡的侍者也有什么要告诉我的。我多愿自己也是一份千研万磨后的香醇，并且郑重地斟在一只洁白温暖的厚瓷杯里，带动一个美丽的清晨。

将来我们一起老

其实，那天的会议倒是很正经的，仿佛是有关学校的研究和发展之类的。

有一位老师站了起来，说："我们是个新学校，老师进来的时候都一样年轻，将来要老，我们就一起老……"

我听了，简直是急痛攻心，赶紧别过头去，免得让别人看见我的眼泪——从来没想到，原来同事之间的萍水因缘也可以是这样一生一世的啊！学院里平日大家都忙，有的分析草药，有的带学生做手术，有的埋首典籍……研究范围相差甚远，大家都无暇顾及别人，然而在一年一度的后山蝉鸣里，在一阵阵的上课钟声间，在满山台湾相思树芬芳的韵律中，我们终将垂垂老去，一起交出我们的青春而老去。

你长大了，要做人了

汪老师的家是我读大学的时候就常去的，他们没有子女，我在那里跟他读《花间词》，跟着他的笛音唱昆曲，并且还留下来吃温暖的涮锅羊肉……大学毕业，我做了助教，依旧常去。有一次，因为买不起一本昂贵的书，便去找老师给我写张名片，想得到一点折扣优待。等名片写好了，我拿来一看，忍不住叫了起来："老师，你写错了，你怎么写'兹介绍同事张晓风'，应该写'学生张晓风'的呀！"老师把名片接过去，看看我，缓缓地说："我没有写错，你不懂，就是要这样写的，你以前是我的学生，以后私底下也是，但现在我们在一所学校里，你是助教，我是教授，级别虽不同却都是教员，我们不是同事是什么！你不要小孩子脾气不改，你现在长大了，要做人了，我把你写成同事是给你做脸，不然老是'同学''同学'的，你哪一天才成人？要记得，你长大了，要做人了！"

那天，我拿着老师的名片去买书，得到了满意的折扣，至于省下了多少钱我早已忘记，但不能忘记的是名片背后的那番话。直到那一刻，我才在老师的爱护、推重里知道，自己是与学者同其尊、与长者同其荣的。我也许看起来不"像"老师的同事，却已的确"是"老师的同事了。竟有一句话使我一夕成长。❀

特级园丁

● 陈若曦

每次参观朋友的新居，看到繁花似锦，曲径通幽，或一池春水，对影成双，我便叹息自己没有一个院子可以让法国人真谛施展长才。真谛是我们朋友中有口皆碑的好园丁，花木经他"绿手指"一拨弄，莫不疏落有致，欣欣向荣。他喜爱花木，工作认真，拿一小时工钱，绝对做够六十分钟，事后并打扫收拾得干干净净。如此赢得客户的感激和信任，非一般园丁所能比，冠以"特级"，实不为过。

三藩市湾区的园艺业是日本人的天下，园丁一小时在十五元以上。许多华人也打工，取费十元上下，但缺敬业精神，在这一行里绝打不垮日本人，遑论赶上法国人真谛了。真谛在老家原学烧陶，因醉心东方艺术，曾去京都学陶瓷和园艺。由于日本一向排挤外国人，他才转到美国来。随即爱上柏克莱（地属屋仑市）的自由不羁，遂干起花匠活来。

过了不惑之年的真谛迄今"王老五"一个，但可媲美台湾一些快乐的单身贵族。尽管各方求才若渴，他从不失业，但因取费公道，收入开销生活外，也就所剩无几了。真谛不承认自己是"无壳蜗牛"，因为他拥有一部前座宽敞得足以躺倒休息的货车。开着这部全身吱吱价响的货车，他远征了多处国家公园，摄下无数美丽的镜头。

"真谛，省点钱给自己买个小房子住吧。"我自愿免费充当经纪。他却永远省不出买房的头款。"你买吧，我给你设计花园，也就乐在其中了！"他说。

他天生知足常乐，虽买不起房子，却充分享受生活，工作和游戏一样津津有味。喝进口的荷兰啤酒和法国红酒，等闲如水。领工钱那天的晚餐不是北京烤鸭，便是日本甜不辣，然后徜徉于咖啡馆。这些他都乐于和朋友分享。生活懒得过问政治，但口袋里有钱的真谛肯定是原始共产主义者：我的也是你的，有求必应。

在美国生活了十年的人，居然没有银行户头，也从不开支票。真谛收到支票，总是凭护照去对方银行兑现。并居家有道，先买够半个月的咖啡，这是他的命根子。每天起床烧咖啡有一套规矩，乱了其中一个步骤，便整日价唉声叹气，仿佛世界末日要来临了。

"真谛，你的爱心分给了园艺和咖啡，到女朋友身上已所剩无几了——那不公平呀！"

他笑笑，一副爱莫能助的神情。大家盼他在柏克莱安家落户的梦也落空了。

他的母亲一直盼望他返乡。据说，老人家见上帝前，特别留下遗嘱，偌大一栋房子变卖平分所得给子孙，却单单留下一个房间给真谛，让他随时返家有个窝。

知子莫若母，母爱也真伟大。她不留钱和物，却给儿子一个永恒的庇护所，让他在浪迹天涯之余，回头永远有岸。我无缘见识这位母亲的慈容，却也由衷敬爱她。✿

吾家有男初长成

● 陈若曦

五月上旬的一天，儿子陈赓放学回来就宣布："我决定去参加下星期五的普罗姆舞会了！""真的吗？"我将信将疑。

在美国，这种舞会是中学六年的告别式，学校专为毕业班放假一天，比毕业典礼还隆重。到时学生一改平日套头衫牛仔裤的装束，打扮得衣冠楚楚，从晚宴开始，正式步入社交生活。普罗姆（PROM）原是"排列行进"一字简化而来，本身寓有昭告天下之意。毕业班除了申请大学，翘首企盼的便是这场舞会了。

舞会隆重，但花费很大。早听朋友说，他家千金的一件晚礼服便是三百块，配搭的行头还不算在内。男孩子的礼服可以租赁，但负担女伴的晚餐和入场卷，加上送女伴一朵胸花，费用也在两三百之间。儿子没有女朋友，一直不打算参加，也不曾为此储蓄费用。他的一个男同学，为了这一晚能随心挥霍，在加油站足足打了一学期工。儿子前几天刚说他这么干"不值得"，怎么忽然自己又改变初衷了呢？

"有个女同学今天来约我，"他自动解释，"愿意分摊门票和晚餐的费用。我算了一下，大概两百块就够了。"

他哥哥没参加过毕业舞会，不曾有过这项开支。公平起见，我不宜改他的费用。于是我变通一下，改为送他一百块，权充毕业礼物。

"另外一百块，"我告诉他，"可以先给你，以后再从你的零用钱里扣回来吧。"

"不，"他很自觉，"我全部自己付。明天我就去找打工的机会。妈妈，舞会那天你能借我汽车用一晚上吗？我可以省下五十块租车费。"

"怎么，你要自己开车？"我有些担心。"舞会在哪里呢？""舞会在旧金山东南的码头边，但是餐馆在另一个地点。我的女伴希望和她的表妹一伙凑成五对。他们决定吃意大利菜，已订了餐馆，在唐人街北边。"

听到吃饭和跳舞场地相距甚远，我不禁忧心忡忡。他拿驾驶执照才五个月，尚不曾单独开过高速公路。加上深度近视，夜间开高速公路相当危险。如果早些决定，还可以带他出门练练，现在只剩七八天了，怎么也来不及。然而，这种忧虑还不能说出来，怕有损孩子的自尊自信心。不得已，只能在金钱上牵制他了。

"好吧，"我提了一个条件，"如果找不到工作，就别去参加舞会了。"他同意。谁知次日就捎回一张"家长批准子女工作书"，要我签字。原来有家电脑公司要搬迁，需要搬运工，每小时五块钱，工作时间长短不准，但集中在周末三天。

"你除了割草，还不曾正式打过工。这么连干三天，"我有些犹豫，"吃得消吗？"

"我一定要试试。下午我打了电话应征，他们要我明天放学就开始工作。妈妈，我非赚钱不可。今天去买舞会门票，已经是第七百五十号——几乎所有的毕业生都参加啦！"

他坚持能吃苦，我自然鼓励孩子自力更生，便签字了。这工打得真辛苦。

头一晚，十点半了人才回来，满脸倦容。还没吃上几口饭，已经瞌睡连连，澡也不洗便倒头睡去。次日更变本加厉，晚饭时刻来电话，说要加班，结果近午夜才放工。回家一身灰土，人也累得说不出话，比画了两下手势就躺上床。夫妇俩不但等得心焦，又气公司欺负孩子，竟被搅得生活乱了套，两夜都没睡安宁。

我算了算，这日整整工作十五小时。对于十七岁的孩子，实在悖情又违法。要他放弃，孩子又不肯失信于人。第三日，家长出面干涉。黄昏时，我亲自去接孩子。公司当场算账，付了一百九十元。

"蓝领工作很辛苦，"孩子深有体会，"但是我熬过来了，以后打工再也难不倒我。"

信心得来不易，竟是拜舞会之赐，我对毕业舞会开始有些好感。星期一，我陪他去租礼服。头回进租衣店，没想到生意如此兴隆。店里除了附近的应届毕业生外，还有男女老少在租各种行头。租金相当贵，一套燕尾服，包括衬衫、领结和束腰，租一天要 40 到 120 元不等。儿子挑了一套黑色燕尾服，当场付了 60 元租金。

租皮鞋不上算，于是又陪他去买了一双黑皮鞋。星期二，他兴冲冲地理了个时髦的发式回来。

发式使人脸孔焕然一新，也令老子刮目相看。他认真思考起儿子出席舞会的事。

"我已经被他搅得一个周末没睡好，"老头子摇头又叹气地说，"再也折腾不起了！年轻人跳起舞来，还不通宵达旦？他又没开高速公路的经验，万一有个闪失，自己倒霉不说，连累人家女孩子可难交待。算了，我们出钱，叫他和人搭伙坐轿车吧。"

儿子也怕开车，连忙去打听。可惜落后一步了，这一带的轿车早已被订光。

"要不，我们自己当司机吧。"我和老头商量，"把他俩送餐馆后，我们就在唐人街看一场武侠片消磨时间。"

"舞会怎么办？我们没地方可去，三更半夜在街上闲荡不成？而且，父母当司机，等于给年轻人当保姆。别说孩子觉得别扭，同学也会拿他取笑的。"

说得也是，我们更加一筹莫展了。

次日有人来寒舍做客，见我忧形于色，给出了个主意。"你们陪他开车，先把经过的路走一遍嘛！"

全家都认为可行。于是当天晚上，我陪儿子进城去，旧金山地势高低不平，驾驶生手向来视为畏途。我很少进城，街道也不熟。舞会所在地处于四五道高架桥的夹缝里，特别难找，夜黑灯暗，竟两次误闯单行道，被对面而来的汽车按喇叭抗议。幸亏没撞见警车，自己却也吓得凉了半边脊背。

次晚是舞会前夕。儿子希望再进城练练车，可惜我有事缠身，无法奉陪。他乃拟了一套养精蓄锐的方案，一一列出要办的事，制出一张作息表。

"我今晚要早早上床睡去，"他通知我，"明天别叫醒我，我不吃早饭。我准备十一点吃中饭——中饭不能油腻，尽量清谈些，最好多些蔬菜水果。"

愚夫妇通力合作，第二天一早蹑手蹑足地走路。不料七点就听到他房内乒乓作响。原来他醒得比任何时候都早，闲得无聊，几年来第一次想到做早操。

运动使他胃口大开，早餐猛吃一气。清淡云云，已抛之九霄云外。饭后，他郑重宣布："我开始洗车了！"

近年天旱，旧金山湾区缺水，厉行节约用水。儿子和我都是环境保护主义者，最忌能源浪费，已经一年不洗车。这番为了洗车，他先上街买一种流量最小的水喉。回来后又找抹布、刷子和吸尘器等，不停地跑上跑下。我关紧房门，但仍关不掉他跑楼梯的脚步声，被搅得看书也不能专心。

十一点了，想到他的中餐，我连忙下楼做饭。

他刚洗好了汽车。这车自买来后，不曾洗过，这下擦洗得通体发亮，光可鉴人。

"但愿你常常参加舞会，"我说，"车子可以保养得日新日又新。"他嘿嘿傻笑，赶着跑去洗澡了。

等他吹干了头发，已正午十二点。根据作息表，他应该上床午睡，竟不想吃饭了。

"那怎么行？"我望着自己精心配方的午餐，非常不甘心。"你从来不曾睡过午觉，哪睡得着呢？牺牲了午餐，要捱到晚上八点才有东西吃，饿昏了头，开车很危险呀！"

他怕开车出事，只好吃中饭。然而心不在焉地吃了几口，便放下叉子。

"睡眠太重要了，我赶紧休息去！"他特地叮咛，"两点以前，我不接任何电话！"

说完，他一步一跳地奔上楼，和衣躺下，郑重其事地"休息"起来。看他如临大敌，我感到好笑又好气。给他取名陈赓，原指望他像已故军事家的指挥若定的大将之风，没想到竟长成一个希区考克型的紧张大师来。

不久，有个女友打电话约我喝茶，要我陪她买衣服。

"改天如何？今天不巧得很，"我坦白相告，"我儿子要参加毕业舞会哩。这是他第一次请女孩子出门，差误不得。我最好守在家里，随看着些才放心。"

"一个毕业舞会竟搅得全家鸡犬不宁呀！"她咄咄称怪之余，又为自己庆幸，"我生女儿还好，到时等候男的上门接就行了。"

幸亏我没上街，两点半了，我觉得屋里静得出奇，连忙去他房间查看。没料到他竟睡得人事不省，着实摇撼了一番才把他从梦乡拉回现状。

"不好了，我一切要晚半小时啦！"

从这刻开始，他以青蛙的跳跃步骤处理一切。

首先出门去取燕尾服。回来他自己在房间穿戴。

　　四点出头，他的女伴来电话。她正在美容院做头发，特地打听他整容到什么地步，希望他准六时去接她。

　　接电话的儿子，白衬衫挂在颈上，袖口张大嘴，下身还是内裤，狼狈得刚从澡堂钻出来似的。原来这衬衫构造复杂，袖扣特别难扣，他已挣扎了半小时，还没能征服它。

　　一看时间不多，我赶紧帮忙。好不容易替他紧上扣子，穿上裤子，正要围上束腰，忽见，他抱头大叫起来。

　　"不对，我应该先去取胸花。"

　　于是重新更衣。这一折腾，时间越发紧迫，我只好亲自开车陪他上街。周末的黄昏，交通最是拥挤。柏克莱的市中心，此刻车子排成长龙。我见缝插针地追赶，五点半才撞到花店对门的街口。儿子跳下来，冲锋陷阵般绕过满街汽车队，跑进店里捧来一只花盒。

　　回家途中，我斜睨了一眼他双手捧的盒子，不禁暗自叹气。十块钱买的竟是一朵系着两寸长缎带的小小栀子花。想到台湾的老家，以栀子花为篱笆，随时可以采撷一大把，几曾如此娇贵！

　　为了保鲜，儿子回来先把花送进冰箱。

　　佛要金装，人要衣装，诚然。两人一场奋斗后，儿子终于穿戴齐全。毛躁的小伙子竟一变而为翩翩公子，连神情都显得稳重端庄。丑小鸭在母亲眼中成了天鹅，我不得不承认六十块租金花得不冤枉。

　　女伴已来电话催问了。儿子放下话筒便匆匆奔向汽车。刚坐下，又跳出来，忘了皮夹子。等坐车子，刚发动引擎，立刻又煞住——忘了冰箱内的花。

　　"别动，我去拿！"

　　做母亲的仿效救火队员的冲刺速度，五十米短跑，飞快地递上栀子花。

　　"慢慢开车啊！祝你好运！"

　　他扬扬手，脚踩油门。车子一声怒吼，浑身一阵战栗后，这才悻悻然离去。

我长长吁口气。回头发现老头子这时已下班回来,正站在路边观望。

"陈赓怎么回事,"他很纳闷,"搞到这么晚才出门?"

"不晚不晚,"我向他保证,"一切及时。"

我还告诉他,儿子人生的长征,这一刻方才开始。🐝

最佳态度

守望的天使

● 三　毛

　　圣诞节前几日,邻居家的孩子拿了一个硬纸做成的天使来送我。"这是假的,世界上没有天使,只好用纸做。"汤米用手臂扳住我的短木门,在花园外跟我谈话。

　　"其实,天使这种东西是有的,我就有两个。"我对孩子眨眨眼睛认真地说。

　　"在哪里?"汤米疑惑好奇地仰起头来问我。

　　"现在是看不见了,如果你早认识我几年,我还跟他们住在一起呢。"我拉拉孩子的头发。

　　"在哪里?他们现在住在哪里?"汤米热烈地追问着。

　　"在那边,那颗星的下面住着他们。"

　　"真的?你没骗我?"

　　"真的。"

　　"如果是天使,你怎么会离开他们呢?我看还是骗人的。"

　　"那时候我不知道,不明白,不觉得这两个天使在守着我,连夜间也不合眼地守护着呢。"

　　"哪有跟天使在一起过日子还不知不觉的人?"

　　"太多了,大都像我一样的不晓得哪!"

"都是小孩子吗？天使为什么要守着小孩呢？"

"因为上帝分小孩子给天使们之前，先悄悄地把天使的心装到孩子身上去了，孩子还没分到，天使们一听到他们的孩子心跳的声音，都感动得哭起来。"

"天使是悲伤的吗？你说他们哭着？"

"他们常常流泪的，因为太爱他们守护着的孩子，所以往往流了一生的眼泪，流着泪还不能擦啊，因为翅膀要护着孩子；即使一秒钟也舍不得放下来找手帕，怕孩子吹了风淋了雨要生病。"

"你胡说的，哪有那么笨的天使。"汤米听得笑起来，很开心地把自己挂在木栅上晃来晃去。

"有一天，被守护着的孩子总算长大了，孩子对天使说——要走了。又对天使说——请你们不要跟着来，这是很讨人嫌的。"

"天使怎么说？"汤米问着。

"天使吗？彼此对望了一眼，什么都不说，他们把身边最珍贵的东西都给了要走的孩子，这孩子把包袱一背，头也不回地走了。"

"天使关上门哭着是吧？"

"天使哪里来得及哭，他们连忙飞到高一点的地方去看孩子，孩子越走越快，越走越远，天使都老了，还是挣扎着拼命向上飞，想再看孩子最后一眼。孩子变成了一个小黑点再也看不到了，这时候，两个天使才慢慢地飞回家去，关上门，熄了灯，在黑暗中静静地流下泪来。"

"小孩到哪里去了？"汤米问。

"去哪里都不要紧，可怜的是两个老天使，他们失去孩子，也失去了心，翅膀下没有了要他们庇护的东西，终于可以休息了。可是撑了那么久的翅膀，已经僵了，硬了，再也放不下来了。"

"走掉的孩子呢？难道真不想念守护他的天使吗？"

"啊，刮风下雨的时候，他自然会想到有翅膀的好处，也会想念得哭一阵子呢。"

"你是说，那个孩子只想念翅膀的好处，并不真想念那两个天使本身啊？"

为着汤米这句问话，我呆住了好久好久，捏着他做的纸天使，望着黄昏的海面说不出话来。

"后来也会真的想天使的。"我慢慢地说。

"什么时候？"

"当孩子知道，他永远回不去了的那一天开始，他会日日夜夜地想念着老天使们了啊！"

"为什么回不去了？"

"因为离家的孩子，突然在一个早晨醒来，发现自己也长了翅膀，自己也正在变成天使了。"

"有了翅膀还不好，可以飞回去了。"

"这种守望的天使是不会飞的！他们的翅膀是用来遮风避雨的，不会飞了。"

"翅膀下面是什么？新天使的工作是不是不一样啊？"

"一样的，翅膀下面是一个小房子，是家，是新来的小孩；是爱，也是眼泪。"

"做这种天使很苦。"汤米严肃地下了结论。

"是很苦，可是他们以为这是最最幸福的工作。"

汤米动也不动地盯住我，又问："你说，你真有两个这样的天使？"

"真的。"我对他肯定地点点头。

"你为什么不去跟他们在一起？"

"我以前说过，这种天使们，要回不去了，眼睛才亮了，发觉他们是天使，以前是不知道的啊！"

"不懂你在说什么。"汤米耸耸肩。

"你有一天长大了就会懂了，现在不可能让你知道的。有一天，你爸爸、妈妈——"

汤米突然打断了我的话，他大声地说："我爸爸白天在银行上班，晚上在学校教书，从来不在家，不跟我们玩；我妈妈一天到晚在洗衣、煮饭、扫地，又总是在骂我们这些小孩，我的爸爸妈妈一点意思也没有。"

说到这儿，汤米的母亲站在远远的家门高呼着："汤米，回来吃晚饭，你在哪里？"

"你看，噜哩噜苏，一天到晚找我吃饭、吃饭，讨厌透了。"

汤米从木栅门上跳下来对我点点头，往家的方向跑去，嘴里说着："如果我也有你所说的那样两个天使就好了，我是不会有这种好运气的。"

汤米，你现在不知道，你将来知道的时候，已经太晚了。✿

蝴蝶的颜色

● 三 毛

　　回想起小学四年级以后的日子，便有如进入了一层一层安静的重雾，浓密的闷雾里，甚至没有港口传来的汽笛声。我们总是在五点半的黑暗中强忍着瞌睡起床，清晨六点一刻开始坐进自己的位置里早读，深夜十一时离开学校，回家后喝一杯牛奶，再"钉"到家中的饭桌前演算一百道算术题。做完之后如何躺下便不很明白了，明白的是，才一闭眼就该再起床去学校了。

　　这是初中联考前两年的日子。

　　早晨的教室里，老师在纠正昨夜补习时同学犯的错误。在我们班上，是以一百分为标准的，考八十六分的同学，得给竹教鞭抽十四下。

　　打的时候，自己卷起衣袖来，老师说，这样抽下去，抽到的皮肤面积可以大一些。红红的横血印在手臂上成了日常生活的点缀。也不老是被抽打的，这要视老师当日的心情和体力情况。

　　我们中午有半小时吃饭的时间，黄昏也有半小时吃便当的时间，吃完了，可以去操场上玩十五分钟。白天，因为怕督学，上的是教育部编的课本；晚上，用的是老师出售的所谓参考书，也就是考试题。

　　灯光十分昏暗，一道一道题印在灰黄粗糙的纸上，再倦也得当心，不要看错了任何一行。同学之间不懂得轻声笑谈，只有伏案的沙沙书写声，有如蚕食桑叶般，充满寂静的夜。

标准答案在参考书后面，做完了同学交换批改，做错了的没什么讲解，只说："明天早晨来了再算账。"然后留下一堆算术题回家去做。每天清晨，我总不想起床，被母亲喊醒的时候，发觉又得面对同样的一天，心里想的就是但愿自己死去。

那时候，上小学是不规定入学年龄的，我念到小学五年级时，只有十岁半。

母亲总是在我含泪吃早饭的时候劝着："忍耐这几年，等你长大了才会是一个有用的人。妈妈会去学校送老师衣料，请她不要打你……"那时候，我的眼泪总是滴到稀饭里去，不说一句话。我不明白，母亲为什么这么残忍，而她讲话的语气却很温柔，也像要哭出来了似的。那时候，老师便代表了一种分界，也代表了一个孩子眼中所谓成长的外在表现——高跟鞋、窄裙、花衬衫、卷发、口红、项链……我的老师那时候二十六岁，而我一直期望，如果忍得下去，活到二十岁就很幸福了。

常常在上课的时候发呆，常常有声音——比老师的声音更大的空空茫茫的声音在脑海中回响——二十岁——二十岁——二——十——岁——想得忘了在上课，想得没有立即反应过来老师的问题，一只黑板擦丢过来，重重打在了脸颊上。当时的我个子矮，坐第一排。那一次，我掩面从教室里冲出去，脸上全是白白的粉笔灰，并不知道要奔到哪里去——我实在没有方向。在校园的老地方，我靠住那棵大树，趴在凸出来的树根上哀哀地哭，想到那个两年前吊死的校工，我又一次想到死。如果死了，就不会这么苦了，现在——现在才十一岁，而我的现在，实在过不下去了。于是，我又趴在地上，放声大哭起来。那一次，是被老师拉回教室去的，她用一条毛巾给我擦脸。擦完了，我向她鞠了一个躬，说："老师，对不起。"

作文课上，我没有照题目写，我写道："想到二十岁是那么遥远，我猜我是活不到穿丝袜的年纪就要死了。那么漫长的等待，是一个没有尽头的隧道，四周没有东西可以摸触，只是灰色雾气形成的隧道。而我一直踩空，没有地方可以着力，我走不到那个二十岁……"

老师将我的作文念出来，然后大声问："你为什么要为了穿丝袜长大？你没有别的远志吗？陈平，你的二十岁难道只要涂口红、打扮、穿漂亮衣服？各位同学，你们要不要学她……"

后来，老师要我重写，我回家又急出了眼泪。晚上放学后总有一百道算术题，实在来不及再写作文。简短地写了，整整齐齐地写道："将来要做一个好教师是我的志愿。"老师是不可能懂得的，不可能懂得一支口红背后的那种意义。

每天晚上，在我进入睡眠之前，母亲照例提醒孩子们要祷告，而那时我实在已经筋疲力尽了。我迷迷糊糊地躺下去，心里唯一企盼的是第二天学校失火或者老师摔断腿，那么就可以不用上学。第二天早晨，梦中祈求的一切并没有成真。我的心，对于神的不肯怜悯，总有种欲哭无泪的孤单和委屈。当年，我的信仰是相当现实的。

有一天，老师照例来上早课。她忘了算前一日我们答错题的账，只是有气无力地坐着，挥挥手叫我们自修。老师一直在查看她的桌子，然后突然问："今天是谁最早到校？"大家说是陈平。她盯住我，问我进教室后做了什么，我说自己是被一只水牛一路追赶着没命地跑进学校的，后来丢烧饼给牛吃，它还是追……"我不是问你这些，你动过我的日记没有？有没有偷看？说！"我拼命摇头，涨红了脸，两手不知不觉放到背后去。那次没有被抽，而我一个早晨的课却都上得提心吊胆。老师不时若有所思地望我一眼，她终于叫了我的名字。一叫名字，我就弹了起来。她说："把这封信送到后面六年甲班的李老师那里去。"

我双手接了信，发觉信封并没有粘上，是一封淡蓝的信。"不要再偷看，快快走。"老师说了一句。

走到转弯的地方，我快速地将信纸拉出来，看了一眼——既然一口咬定我偷看了，我就偏偏偷看一次，免得白白被冤枉。信上密密麻麻的全是日文，其中夹着两个汉字——魔鬼。看见她居然叫一个男老师魔鬼，我吓了一跳，匆匆折好信，快步向六年级的教室走去，双手将信交给李老师便回来了。

后来，我慢慢明白了，老师正在受着恋爱的折磨。于是我对于她每天体罚的事情也生了宽恕之心，想来这么打我们当作发泄，必然是恋爱没有成功。

我专注地直视着老师，想到她的生活和作息，想到那偶尔一次的和男老师共弹风琴，想到她连恋爱的时间也不太多，心里对她和自身成年的未来，浮起了另一种复杂的怜悯与茫然。我从来没有恨过我的小学老师，我只是怕她怕得比死还要厉害。

有一天，老师笑吟吟地说："明天带两个便当来，水彩和蜡笔不用再带了，我们恢复以往的日子。"听着听着，远方的天空好似传来了巨大的雷声，接着彤云密布，飞快地笼罩了整个校园。我的眼睛，突然感到十分干涩，教室里的灯便一盏一盏半明半暗地亮了起来。那两年，好似没有感觉到晴天，也就毕业了。

暑日的烈阳下，父亲看榜回来，很和蔼地说："榜上没有妹妹的名字，我们念静修女中也是一样好的。"

我很喜欢静修女中，新生训练的时候，被老师带着穿过马路去对面的操场上玩球，老师没有凶我们，一直叫我们小妹妹。没有几天，我回家，母亲说，父亲放下了公事赶去另一所省女中，为了我联考分数弄错了的一张通知单。父亲回来时，擦着汗，笑着对我说："恭喜！恭喜！你要去念台湾最好的省女中了。"一时间，那层灰色的雾又在呼呼吹着的风扇声里聚拢起来。它们来得那么浓，浓到我心里的狂喊都透不出去。只看见父母在很遥远的地方切一片淡红色的冰西瓜要给我吃。上了省中，父母要我再一次回到小学，对老师的培育之恩再一次道谢。我去了，老师有些感触地摸摸我的头，拿出一本日记簿来送给我。

她很认真地在日记簿的第一页上写下了几个正楷字："陈平同学，前途光明。"

日子无论怎么慢慢地流逝，总也过去了。有一天我发觉自己已经二十岁了。二十岁的那一年，我有了两双不同高度的细跟鞋，一支极淡的口红，一双小方格网状的丝袜，一头烫过的卷发，一条镀金的项链，好几只皮包，属于自己的房间、唱机和接近两千本藏书。不但如此，那时候，我去上了大学，有了朋友，仍在画画，同样日日夜夜地在念书，甚而最喜欢接近数学的逻辑课。更重要的是，我明白了初恋的滋味……

想到小学老师赠给我的那几个字，它们终于在阳光下越来越鲜明起来。流去的种种，化为一群一群的蝴蝶。虽然早已明白了，世上的生命，大半朝生暮死，而蝴蝶也是朝生暮死的东西，可是我依然为它的色彩目眩神迷，觉得生命所有的神秘与极美已在蜕变中彰显了全部的答案。而许多彩色的蝴蝶，正在纱帽山的谷底飞去又飞来。就这样，我一年又一年地活了下来，只为了再生时蝴蝶的颜色。🐝

《读者》名人堂 港台风

巨 人

● 三 毛

第一次看见达尼埃是在一个月圆的晚上，我独自在家附近散步。当我从海边的石阶小步跑上大路准备回去时，在黑暗中，忽然一只大狼狗不声不响地向我呼一下扑了上来，两只爪子刷一下搭在我的肩膀上，热乎乎的嘴对着我还咻咻地嗅着。我被这突如其来的状况弄得失去控制，尖叫起来，立在原地动也不敢动。人狗僵持了几秒钟，才见一个人匆匆地从后面赶上来，低低地叫了一声狗的名字，狗将我一松，跟着主人走了，留下我在黑暗中不停地发抖。

"喂！好没礼貌的家伙，你的狗吓了人，也不道个歉吗？"我对着这个人叫骂着，他却一声不响地走了。再一看，是个孩子的背影，一头卷发像棵胡萝卜似的在月光下现出棕红的颜色。

"没教养的小鬼！"我又骂了他一句，这才迈步跑回去。

有一次，我的一个女友来问我："三毛，上条街上住着的那家瑞士人想请一个帮忙的，只要每天早晨去扫扫地、洗衣服，中午做做饭，一点钟就可以回来了，说是付一百五十美金一个月，你没孩子，不如去赚这个钱。"

当时我正生着慢性病，所以对这份差事并不热心，再一问丈夫荷西，他无论如何也不让我去做，我便回绝了那个女友。瑞士人是谁我并不知道。

再过了不久，我住院开刀，主治医生跟我聊天，无意中说道："真巧，我还有一个病人就住在你们家附近，也真是奇迹，去年我看她的肝癌病情，估计她活不过三四个月了，她拼了命也要出院回家与家人聚在一起，现在八九个月过去了，这个病人居然还活着。苦的倒是那个才十二岁的孩子——双腿残废的父亲，病危的母亲，一家重担，都叫他一个人担下来了。"

"你说的是哪一家人啊，我怎么不认识呢？"我问。

"姓胡特，他们是瑞士人，男孩子长了一头野火似的红发。"医生答道。

"啊！"荷西与我恍然大悟地喊了起来，怎么会没想到呢，自然是那个老是一个人在海边的孩子嘛。

知道了胡特一家人之后，就常常看见那个孩子，无论是在市场、邮局、药房，都可以碰见他。"喂！你姓胡特是吗？"有一天我停住车，在他家门口招呼着他。

他点点头，不说话。"你的狗怪吓人的啊！"他仍不说话，我便准备开车走了。这时候院子里传来一个女人的声音："达尼埃，是谁在跟你说话啊？"

这孩子一转身进去了，我已发动了车子，门偏偏又开了："等一等，我母亲请你进去。"

"下次再来吧，我们就住在下面，再见！"

第二天下午，窗子被轻轻地敲了一下，红发孩子低头站着。"啊！你叫达尼埃是不？进来！进来！"

"我父亲、母亲在等你去喝茶，请你去。"他有板有眼地说完便不再多说一句闲话。

"好，你先回去，我马上就来。"

推门走进了这家人的院子，一股莫名的沉郁气氛马上围了上来，空气亦是不新鲜，混合着病人的味道。

我轻轻地往客厅走去，两个长沙发上分别躺着中年的一男一女，奇怪的是，极热的天气，屋里还生着炉火。

"啊！快过来吧！对不起，我们都不能站起来迎接你。"达尼埃的母亲鲁丝说。

"请坐，我们早就知道你了，那一阵想请你来帮忙，后来又说不来了，真是遗憾！"鲁丝和蔼地说着不太流畅的西班牙文，她说得很慢，脸孔浮肿，一双手也肿得通红，看了令人震惊。

"我自己也有点小毛病，所以没有来。而且，当时不知道您病着。"我笑了笑。

"现在认识了，请常常来玩，我们可以说没有什么朋友。"达尼埃的父亲尼哥拉斯用毛毯盖着自己，一把轮椅放在沙发旁边，对我粗声粗气地说着。

"来，喝点茶，彼此是邻居，不要客气。"主妇吃力地坐了起来。

这时，达尼埃从厨房里推着小车子出来，上面放满了茶杯、茶壶、糖缸、牛奶、点心和餐巾纸，他像一个女孩子似的将这些东西细心地放在小茶几上。

"太麻烦达尼埃了。"我客气地说。

"哪里，你不来，我们也一样要喝下午茶的。"

男主人不喝茶，在我逗留的短短四十分钟里，他喝完了大半瓶威士忌，他的醉态并不明显，只是他呵斥儿子的声音一次比一次粗暴。

认识了胡特一家之后，达尼埃常常来叫我，总说去喝茶，我因为看过好几次尼哥拉斯酒后对达尼埃动粗，心中对这个残废的人便不再同情，很不喜欢他。

有一天，我们又在市场碰见了达尼埃，他双手提满了沉甸甸的食物要去搭公共汽车。荷西按按喇叭将他叫过来："一起回去，上来啊！"达尼埃将大包小包丢进车内，一罐奶油掉了出来。"啊，买了奶油，谁做蛋糕？妈妈起不来嘛！"我顺口问道。

"妈妈爱吃，我做。"总是简短得不能再短的回答。

"你会做蛋糕？"他骄傲地点点头，突然笑了一下，大概是看见了我脸上惊异的表情吧。

"你哪来的时间？功课多不多？"

"功课在学校休息和吃饭的时间做。"他轻轻地说。

"真是不怕麻烦，做奶油蛋糕好讨厌的。"我啧啧地摇着头。

"妈妈爱吃，要做。"他近乎固执地又说了一遍。

"你告诉妈妈，以后她爱吃什么，我去做，你有时间跟荷西去玩玩吧，我不能天天来，可是有事可以帮忙。"

"谢谢！"达尼埃又笑了笑。我呆望着他的一头乱发，心里想着，如果我早早结婚，大概也可能有这么大的孩子了吧！那天晚上，达尼埃送来了四分之一的蛋糕。

"很好。不得了，达尼埃，你真能干。"我尝了一小块，从心里称赞起他来。

"我还会做水果派，下次再做给你们吃。"他高兴得脸都红了，话也多了起来。

过了一阵，达尼埃又送来了一小篮鸡蛋。

"我们自己养的鸡生的，母亲叫我拿来。"

"你还养鸡？"我们叫了起来。

"在地下室，妈妈喜欢，我就养。"

"达尼埃，你的工作是不是太多了？一只狗，十三只猫，一群鸡，一个花园，都是你在管。"

"妈妈喜欢。"他的口头语又出来了。

"妈妈要看花。"他又加了一句。

"太忙了。"荷西说。

"不忙！再见。"说完他半跑着回去了。

达尼埃清早六点起床，喂鸡、扫鸡房、拾蛋，把要洗的衣服泡在洗衣机里，预备父母的早饭，给自己做中午的三明治，打扫房间，这才走路去搭校车上学。下午五点回来，放下书包，跟我们一同去菜场买菜，再回家……他的时间是紧得不够用的，睡眠更是不够。一个孩子的娱乐，在他，已经是不存在了。

有时候，晚上有好的电影，我总是接下了达尼埃的工作，叫荷西带他去镇上看场电影，吃些东西，逛一逛再回来。一次，荷西回来后感慨道："他这个小孩啊，人在外面，心在家里，一分一秒都记挂着他的父亲和母亲，叫他出去玩，等于是叫他去受罪，不如留着他守着大人吧！"

"人说母子连心，母亲病成这个样子，做儿子的当然无心了，下次不叫他也罢，真是个苦孩子。"

前一阵鲁丝的病况极不好，送去医院抽腹水，住了两天医院。

鲁丝出院第二天，达尼埃来了，他手里拿了两千块钱交给我。

"三毛，请替我买一瓶香奈尔五号香水，明天是妈妈的生日，我要送她这个礼物。"

"啊！妈妈生日，我们怎么庆祝？"

"香水，还有，做个大蛋糕。"

"妈妈能吃吗？"我问他，他摇摇头，眼睛一下子红了。

"蛋糕我来做，你去上学，要听话。"我说。

"我做。"他不再多说，转身走了。

第二日早晨，我轻轻推开鲁丝家的客厅，达尼埃的蛋糕已经静静地放在桌上，还插了蜡烛，他早已去上学了。我把一个台湾玉的手镯轻轻地替鲁丝戴在手腕上，她笑着说："谢谢！"

那天她已不能再说话了，肿胀得要炸开的腿，居然大滴大滴地渗出水来，吓人极了。

"鲁丝，回医院去好不好？"我轻轻地问她。

她闭着眼睛摇摇头："没有用的，就这几天了。"

那天夜里，我几乎没有睡着，只怕达尼埃半夜会来拍门，鲁丝铅灰色的脸已经露出死亡的容貌来。

早晨八点半左右，我正蒙胧睡去，听见荷西在院子里跟人说话，声音像是达尼埃的。

我跳了起来，趴在窗口叫着："达尼埃，怎么没上学？是不是妈妈不好了？"

达尼埃污脏的脸上有两行干了的泪痕，他坐在树下，脸上一片茫然。

"鲁丝昨天晚上死了。"荷西说。

"什么时候死的？"

"昨晚十一点一刻。"

"怎么不来叫我们？"我责问他，想到这个孩子一个人守了母亲一夜，我的心绞痛起来。

"达尼埃，你这个晚上怎么过的？"我擦干泪水用手摸了一下他的乱发。他呆呆的像一个木偶。

"荷西，你快去打电话叫领事馆派人来，我跟达尼埃回去告诉尼哥拉斯。"

"荷西，先去给我爸爸买药、叫医生，他心脏不好，叫了医生来，再摇醒他。"达尼埃说。

达尼埃镇静得可怕，他什么都想周全了，比我们成年人还要懂得处理事情。

"现在要顾的是父亲。"他低声说着。

鲁丝在第二天就下葬了。

达尼埃始终没有放声地哭过，只有黄土一铲一铲地丢上他母亲的棺木时，他静静地流下了眼泪。

尼哥拉斯总是喝醉，酒醒时不断地哭泣，我倒情愿他醉了去睡。

鲁丝死了，达尼埃反倒有了多余的时间到我们家来。

"达尼埃，你长大了要做什么？"我们聊着。

"做兽医。"

"啊！喜欢动物，跟妈妈一样。"

"这附近没有兽医，将来我在这一带开业。"

"你不回瑞士去？"我吃惊地问。

"这里的气候对爸爸的腿好，瑞士太冷了。"

"难道你要陪爸爸一辈子？"他认真而奇怪地看了我一眼，倒令我觉得有点羞愧。"我是说，达尼埃，一个人有一天是必须离开父母的，当然，你的情形不同。"

他沉默了好一阵，突然说："其实，他们不是我亲生的父母。"

"你说什么？"我以为我听错了。"我是领养来的。"

"你什么时候知道这个秘密的？不可能，一定是弄错了。"我吓了一跳。

"不是秘密，我八岁才从孤儿院被领养出来，那时我已经懂事了。"

"那你……你……那么爱他们，我是说，你那么爱他们。"

我惊讶地望着这个只有十二岁的小孩子，震撼得说不出别的话来。

"是不是自己的父母，不都是一样？"达尼埃笑了笑。

"是一样的，是一样的，达尼埃。"

我喃喃地说着，望着面前这个红头发的巨人，觉得自己突然渺小得好似一粒芥草。❀

假如还有来生——三毛最后的心声

● 三 毛

我的这一生，丰富、鲜明、坎坷，也幸福，我很满意。过去，我愿意同样的生命再次重演。

现在，我不要了。我有信心，来生的另一种生命也不会差到哪里去。我喜欢在下次的空间里做一个完全不同的人，或许做一个妈妈。在能养得起的生活环境下，我要养一大群小孩和他们做朋友，好好爱他们。

假如还有来生，我愿意再做一次女人。

我觉得目前作为一个男人，社会的背负力，被要求的东西比女人多得多，我不喜欢。

是否有来生，谁也无法回答。

命运的拨弄，使我们身不由己地离离合合。

十八年前，当我第二次出国的时候，有两个妈妈，各带一个女儿，在香港一家伊人服饰店选购衣服。其中一个女儿就是我，当时我的手中拿着一件翠绿色的旗袍。耳边传来服务员的声音："你看，你看！那就是林青霞，演《窗外》的那个女学生。"

我不禁抬起头去看，就像看到现在《滚滚红尘》里的国中女生头的林青霞，我看她的时候，手里还握着旗袍，心中有一种茫然感，好像不只是看着她而已，这时候耳边传来的是妈妈的声音了："妹妹，这件旗袍，你到底要不要？"我说："好，也好。"妈妈就帮我买了。我跟自己说："这个女孩即将进人她的电影事业，她的前途会怎样？而我又要远走到欧洲去，我的未来又在哪里？"这样一交错，暌违十多年。我和秦汉、青霞三个人，因为《滚滚红尘》的工作关系，成为很谈得来的好朋友。

回忆起初见青霞的情景，想及命运的问题，真是一个谜。

三毛作品

▲三毛写的第一本书是《撒哈拉的故事》。这本书中的文字，自1974年在报章陆续发表，1976年5月结集出版，一个半月内便出了4版，至今已达36版。

▲三毛翻译的第一本书是《娃娃看天下》。漫画中可爱的西班牙小女孩玛法达令读者风靡，这本书至今发行已超过25版。

▲三毛的第一个中文剧本是《滚滚红尘》，并改编为电影。

▲三毛的第一套有声书《三毛说书》，说的是《水浒传》中武松、潘金莲、孙二娘的故事。

▲三毛的著作包括《撒哈拉的故事》《雨季不再来》《稻草人手记》《哭泣的骆驼》《温柔的夜》《梦里花落知多少》《背影》《万水千山走遍》《送你一匹马》《倾城》《谈心（三毛信箱）》《随想》《三毛说书》《我的宝贝》《流星雨》《闹学记》《阅读大地》《滚滚红尘》。

▲三毛的译作包括《娃娃看天下（一）（二）》《兰屿之歌》《清泉故事》《刹那时光》。🐝

做　人

● 亦　舒

　　草地上总是坐着两只鸭子。扁扁地坐在草上，晒着太阳，非常舒服的样子。看着心中羡慕，跟身边的女友说："做鸭子倒也好。"

　　她一下子就炸起来了："做什么都好过做人！下世到阴间去赌轮盘，做猪也不做人！"

　　我只好翻翻白眼，原来我还算是温和派，我想做海里的动物，静的、动的、永远可以睡的。像哈哩鱼，忽然之间洋洋洒洒地，透明玲珑地自沙间游出来，逛一下，再去休息。或是做一块粉红色的海绵，或是做珊瑚，哇，多享受。可惜我的轮盘赌得不好，下世若再投胎为人，可不是苦煞！

　　做人真没有什么好，才洗了头，发觉忘了洗澡。累得要死，还撑着眼皮用力听课。洗了衣服还要熨，背了书还要挂着笑脸，还要懂得礼义廉耻。肚子饿了要吃，心情不好要喝酒，眼前转来转去又是言语无味的人，因此自己也更加面目可憎。

　　小时候怕死，跟一位姓刘的朋友坦白："我怕死。"这人比我大十年八年，很镇静地说："不要紧，过几年就腻了，就不怕了。"声音是淡淡的。可不是，若真的活到七八十岁，我现在马上要听得昏过去，免了吧，早走早好，四五十岁是足够足够了。

我又说："做蒲公英也是很好的。"

那女孩子说："做猪好，被人养着，又不必担心找食，到头大家都是一死。"她坚持要做猪。

我说："有些人也跟猪一样，不过是只有吃饭拉屎两件事。"

"倒还是猪好，猪是没有是非的，一只猪决不会说另一只猪活得像人。"她说。

我无聊地笑，走回房间，打开笔记：做人。✿

对你好

● 亦　舒

对方，不需要很有钱，不必英明神武；是否才华盖世，亦不重要；似不似玉树临风，也无所谓。只要他对你好，事事以你为重，普通人已经够好。

正如大作家所说："条件再好，不爱我，有什么用？"

物质同客观条件固然非常重要，但到了某一地步，人自然有心灵上的需求。一个懂得尊重对方的伴侣，谈吐幽默，具有生活情趣，又事事体贴，十分不易。

见对方能力略有不逮，即舍之而去，是相当不智的做法。世上确有际遇这回事，要给他机会，也给自己机会，都会遍地黄金，有志者事竟成。

成功与欢乐如无人分享，就只剩寂寞。流泪之际，缺少一个结实的肩膀依傍，更凄惶不安。

物质与精神均感满足，才是优质生活。不用吃最好住最好穿最好，走出来最威风最神气。

崇尚功利是商业社会的至盛风气，无可厚非，有一定要有，优哉游哉。对方若志不在此，实在不必勉强。

好伴侣一个鼓励的眼神，一个愉快的笑容，适当安慰，深切了解，均属生活必需。对你好最重要。

有人从影数十年，不红，到处诉苦："我从不迟到，亦不早退，听话，公司叫做什么便做什么，至今尚未名成利就，何故？"

大有天无眼之感。

未红先骄，是致命伤；不红不骄，却不计分。光是不迟到不早退，绝无可能造就一位明星。单单听话、服从，甚至不足以成为一位优秀公务员。

做任何一个行业，都得在岗位上有所表现。红、不骄、不迟到、不早退、敬业乐业、有衣食，那才是高手。

职业写作人，不脱稿就算尽了责任？非也非也，此乃最基本入行条件，切勿以为天天交稿就是对编者读者恩重如山。内容才是最最重要的一环，能人所不能者，地位才最稳固。稿德稿质，缺一不可。

伴侣变了心，常听到有一方哭诉："我做错了什么？"同样的逻辑：不错，是不够的；有人做得更好，略差的便遭淘汰，理所当然。

什么时代了，光是守纪律，便想拿功勋？没有这种事。❀

博爱

● 亦　舒

同文说他经常收到漂亮的明信片，那上面问候的句子也非常精彩，可是他一直没有回信。因为一次在邮政局，他亲眼见过一个给他寄过明信片的人手上拿着一沓明信片打算寄出去。

真是，连并非生性纠结、对衣食住行均十分随和的我，都害怕这种泛滥的爱，何况是要求严格的同文。

一个人，到了人人都认他做好朋友之际，旁观者一定会警惕：人缘这样好，可能吗？有必要吗？抑或，这种纯熟的面面俱"圆"只是一种虚伪？即使是真情，那么多人齐齐分享，会不会淡如开水？

爱海无涯，回头是岸。

友情需要慢慢悉心培育，过程十分漫长，绝非即冲咖啡或即食面。对任何形式的感情有三分认真的人，都不会愿意在芸芸众生中客串，跑去排长龙等做某君的好朋友。

我生性狷介，最不喜欢凑热闹。

有人说"我只请最最好的朋友，一共一百二十桌"。真有那么多好朋友？做他的敌人，似乎身份矜贵得多，也比较受尊重。

场面上往来的相识多至万人也不稀奇，而知己，三两人足矣。❀

我们活在世上不为求人原谅

● 亦　舒

我们活在世界上，不是为了求人们原谅。

别人要误会，让他误会好了，何必在乎？凡有人看不清楚事实，那纯粹是该人的损失，与我无关。

别人看轻我，不要紧，一个人只需看重自己即可。

接吻可以选错对象，发脾气则不可。

世上总有些人跟一些人是谈不来的，何必虚伪地硬要有友无类？何不坦白地说一句，你不能赢得每个人的心？而那么多的人可以成为好朋友，我看不出来为什么定要苦苦争取敌人的心？况且这世上是有敌人这回事的，有敌人又不是没面子的事，也不是错事，完全没必要花这么多劲在这种无聊的事上，证明自己人缘天下一流。

吃过苦的人，处世总大方点。我们知道，幸运并非必然，社会并不欠谁什么。最最没出息的人，一事无成的人，懒得生虫的人，在怪社会怪人类之余，当然拿手好戏就是表演他们的清高。世上任何事只得两流，一流与末流，当中的全不算数。

为别人改变自己最划不来，到头你会发觉委屈太大。而且，人家对你的牺牲不一定欣赏。

不做金钱的奴隶，非要以毒攻毒，拥有许多钱才行。还有，不为名利支配，也得有若干名利才能说这样的话。

最好不要同任何人吵，非吵不可，亦应把范围规限于父母及伴侣三人之内，因与他们的关系有退路。与老板老总，可以据理力争，亦万万不能僵到吵的地步。故此许多人越生气越沉默，一声不发，到了时间，站起来就走。

但凡使人开心的事，大半都是有危险的。像饮酒赌博，像美貌女子，像好逸恶劳。

无论什么事，做给你自己看已经足够，千万别到街上乱拉观众。人生试题一共四道题目：学业、事业、婚姻、家庭，平均分高才能及格，切莫花太多时间精力在任何一题上。

凡是太好的东西都不像真的。有人说，如果一件事好得不似真的，可能它的确不是真的。

人性肯定有坏的一面，但亦有好的一面，倘若黑得墨墨黑，白得雪雪白那有什么味道？

我们年轻时，理想高高在上，神圣不可侵犯；成年之后，被逼放弃理想，丢在脑后，理想不知所终，甚至有可能掉在泥淖里。

连史诺比都说："半夜三点半所想的事与清晨八时所想的事情太不一样。"

时常怀疑世上若干名词是人类虚设来自我安慰的，对短暂、虚无、痛苦的生命作一点调剂——像朋友、爱情，希望这些术语，不外是骗我们好好地活下去。

大都会里找生活的人，日子久了，哪里还有天性，都不过是水泥缝子里长出来的草。

人生千疮百孔，每个人总有大大小小不如意之处，总得努力靠自身挨过。

一个人如果心中没有企图，很少会被别人利用。

记住——永远只与比你高一等的人一起争吵。❀

最佳态度

● 亦 舒

情侣变了心、老板叫咱们卷铺盖、老友见利忘义、生意伙伴厚此薄彼……合则来，不合则去，千万不可傻里傻气地追问：为什么，为什么，为什么？

那样只会招来更大的侮辱。

对方一定乘机把我们的短处统统抖出来，搞得路人皆知。

听歌学原理，有一首流行歌这样唱道："你不要问我为什么，无奈何，无奈何，我要你忘了我。"真的，一拍两散，从头再来，切忌死缠烂打。

在大机构上班的时候，每年上司评估下属的能力，均写报告，内容极尽侮辱之能事——下属统统如进了当铺的货物，不是差就是烂，再差点儿就是白痴。

有些同僚按捺不住，便逐点辩驳、抱怨，甚至吵到大老板处，扰攘不堪。

有些同事则不动声色，听完贬词，还唯唯诺诺地说了声："谢谢你，大人。"

几千年都没有人问为什么。

为什么？当然是因为我们不够好，有人做得比我们好。

一位前辈每听见我们这些人抱怨，便斥责说："好了好了，还不知足。这些年来，眼看你们连本带利已经翻了几番，老本早就回来，现花利息度日，还诉苦！"

说得好。

就算有挫折，也不过是鼻子上略生几颗粉刺，虽然麻烦，不足以致命，又何用呼天抢地、怨天尤人。

身体健康、人身自由，吃得饱、穿得暖，住得那么宽敞，真的尚感不足，亦宜多多包涵。

不愉快的事任由埋藏，切勿拿出来反复研究。闲人若故意来触霉头，硬要掀起，也给他淡淡一句"不记得了"。

也不要细数失去多少，相信大家得到的也着实不少，老天其实不欠我们什么。

天下之大，无奇不有。暴政、战争、天灾、人祸……能苟且偷生，已经不易，居然还可以追求理想、快乐，更应满足。

工作、伴侣、老友、环境……如不合理想，可撤换即刻撤换，没有能力则苦中作乐。

有就有，没有拉倒；随遇而安，是最佳态度。❀

最好的帮助

● 吴淡如

静瑜是一个热心的社工。某一年，她负责帮助六位曾受过暴力伤害的小朋友，让他们不再自闭，重新恢复交朋友、接触人群的能力。在她觉得时机已经成熟的时候，她决定办一个烤肉大会，邀请社区里某个教会团体的小朋友联欢。

本以为自己已经跟小朋友们"说"好了，这三十位小客人都是很友善、很有礼貌的，他们也要尽到主人待客的责任，但当三十位小朋友"冲"进来的时候，这六位小主人还是躲在房子的角落，像一群受惊吓的小鸡。

不管静瑜怎么劝，这六只颤抖的"小鸡"还是没有办法主动和别人交谈。

她灵机一动，想到一个办法："以前都是我弄东西给你们吃，现在老师也累了，希望能够吃几片烤肉，有没有人愿意烤给我吃呢？"这六位小朋友竟然马上答应了，很迅速地开始烤肉给老师吃，接着又烤给其他的社工叔叔阿姨吃。做上了瘾之后，他们很自然地与所有的小客人分工合作，在完全没有被勉强的情况下，其乐融融地开始交起朋友来。

静瑜没有想到，一个小小的请求，竟然可以达到这么好的效果。

平日，都是她在担任给予者的角色，也感受到了"施比受更有福"。但让她惊讶的是，一直受帮助的小朋友，从给予中才会得到真正的自信。

每个人都希望成为一个有用的人，而不是一个永远受到帮助的人。

我也曾在报纸上读到一个温馨的小消息：有个老师一改传统，让班上每个小朋友都有机会当"长"，反而让大家感情更好、成绩更进步，也更喜欢到学校上课了。

如果学生很懂事，就让他当"董事长"。

如果他负责关锁教室门窗，就是"所长"。

愿意倒垃圾，就是"社长"。

只要能够赢过自己，就是"营长"。

这种论功行赏的方式很新颖，也很让人感动。

荣誉感不必从恶性竞争中获得，负小小责任就能得到。

这也让我思考：有时，我们过度热心地扛起所有责任，反而让自己所爱的人失去功能。扛起所有责任，久了就累了疲了，不想再做那么多，却会让失能的人反过来责怪我们"为什么你变了"或"原来你以前都是骗我的"。

难怪我认识的一位女性主义者有句名言："当一个女人沾沾自喜地说，如果男人没有她，连内衣裤都找不到的时候，其实是两人关系最危险的时候。"

在关爱与信赖的前提下，让我们所爱的人不要失去自我负责的功能，才是对他们最好的帮助。❖

拿出一万个小时来

● 吴淡如

到目前为止，你总共在自己本来有兴趣学的事情上，对自己说过多少次"唉，我看我没有天分，还是算了吧"的话呢？

这句话通常被用来当作宣告某一段努力完全失败的休止符。天分有那么重要吗？

我访问过一位四岁就被称为音乐神童、长大之后也在音乐方面有相当成就的大提琴手。

他一开始就否认自己是个天才。他说，他在美国接受访问常被问到的问题是：在他的成功之中，天分占了多少比率？"我想，百分之二十不到吧……不过，这百分之二十当中，我那从小就逼我学琴、不让我出去玩的妈妈，大概贡献了百分之十五以上。"天分确实因人而异，但我们常高估了它的影响力。

我曾与一位园艺高手在某个阳光充足的办公室里等候，他指着一株几乎生气全无的盆景对我说："上一次我来这里，这种竹子还生气蓬勃，现在竟然变成这个样子。照顾植物跟学习任何事情都有相通的道理：如果你天天花点时间照料它，它就会长得很好；如果你疏忽了它几天，它就会出现残败之相，愈看它，愈觉得对不起它，愈对不起它，愈不想看它，不久，它就一命呜呼了。"有多少可能会改变我们人生方向或增添人生乐趣的事,因为这种"愈荒废愈害怕"的理由一命呜呼呢?
很多人跟我一样都有虎头蛇尾的倾向。不是不想努力,只是没有持续。
有时是刚开始过度努力,不久就弹性疲乏;或是刚开始的时候还蛮有
兴趣,遇到了一点困难之后,就告诉自己:"我没天分,算了吧。"然
后三天打鱼、两天晒网。

就拿念大学时修日文来说吧,刚开始我比任何同学都努力,除了
上课外,还上补习班,也买了五花八门的各种教材。我的室友每天早
上起床念半个小时,我就比她多念一个半小时,这样总会比她强吧。
只不过,她那每天半个小时持续了四年,直到她考上日本公费留学还
未停息,我那每天两个小时的努力,不断被"郊游、烤肉、恋爱和打
瞌睡"穿插打扰,不到一个月就"出师未捷身先死",日文考试都以临
时抱佛脚过关。日后好几次奋发图强,甚至还天天随身带着日语读本,
但也都在只有努力、没法"不懈"的状况下,随风而逝。然后告诉自己:
"算了吧,我看我是没有学日文的天分。""算了吧"出现的频率愈高,
我们一事无成的可能性愈大。

英国 EXETER 大学心理学教授迈克·侯威专门研究神童与天才,
他得出的结论很有意思:"一般人以为天才是自然发生、流畅而不受阻
的闪亮才华,其实,天才也必须耗费至少十年光阴来学习他们的特殊
技能,绝无例外。要成为专家,需要拥有顽固的个性和坚持的能力……
每一行的专业人士,都投注大量心血,培养自己的专业才能。"

这位心理学家也统计过,以学钢琴为例,如果想要变成还不错的
业余钢琴家,至少需要专注地投入三千个小时的训练;如果想成为专
业水准,一万个小时是跑不了的,像西洋棋、各种运动和外语,想要
成为专业人士,用的时间也差不多。

从这一点看来,我们的种种小挫败,并非没有天分,而是没有"持
续贡献"。

不只是学习。一般女性最热衷的减肥也是"不需努力,只要不懈"。

疯狂减肥的人，总是会失败。据统计，采取速成减肥法或节食减肥，在停止减肥三个月内恢复体重的超过百分之九十，而有不良副作用的也占百分之七十。

一位健身教练也提出忠告："运动不需努力，只要持续，你一定可以瘦得下来。我最怕那些刚开始像拼命三郎的家伙，他们的元气总是会在短时间之内耗尽。"

不用太努力，只要持续下去。想拥有一辈子的专长或兴趣，就像一个人跑马拉松赛一样，最重要的是跑完，而不是前头跑得有多快。

自由是枷锁中最粗的一条

● 吴淡如

　　忙碌的人，对忙碌的感觉总是爱恨交加。一边怨着自己太忙，但真要他们闲下来，他们又会找很多理由让自己不要闲下来，比如："没办法，我是劳碌命啦！""哎，习惯了！"可一旦真的闲了下来，他们反倒浑身不自在，又开始问自己："现在该做什么才好？"

　　我曾有跟工作狂们一起出去度假的经历。我嘲笑别人是工作狂，实在是五十步笑百步，因为，我的生活中也常填塞着许多"不得不"的工作，而这些"不得不"的工作分明又都是我自己点头答应的。把自己累得半死时，我实在弄不明白自己当初为什么要答应这么多事。

　　很多工作狂们就连度假都像在工作，他们除了睡觉之外，每一分、每一秒，都在想着下一步的"计划"：想着哪里一定要去，要吃什么东西才地道，怎么玩才算充实——他们害怕会有空当出现，害怕会无所收获，害怕玩得太无聊。

　　他们一进旅馆就忙着把电视机打开，尽管并不想看，但害怕出现空洞的空间。玩到晚上，即使筋疲力尽，也要看看有没有酒吧可以走走逛逛，有没有过夜生活的地方。结果，越玩越累。

　　也有些人不是以行动来把度假排满的，他们用的是语言。度假期间他们会一直谈论着已经离开的那个地方，谈论着那里的人和事——

也许是一个讨厌的老板或同事，一个仇人又或是一个忘恩负义的情人。自己好不容易才得到喘息的空间，却又任由那些人的"魅影"随着自己来度假休闲，让自己永远不得安宁。

其实，我们的生活多半是出于自身的安排，不然就是我们容许自己被一连串的行程安排，"不得不"都是我们自己告诉自己的。我一直在思考一个问题：企图让自己保持忙碌的人，是不是因为害怕孤独，才让自己忙得没有任何空当？

可害怕孤独，就意味着害怕面对自己，害怕真正的自由。

我有这样的问题吗？是的！我有！

我不敢说我面对孤独时已能全然安心。我常常独自一人，但仍然忙碌，我不看电视，但我看书，不断看着书，写着东西。

有一天，我忽然想放自己一天假不写稿、不看书，可巨大的孤独感竟然像海潮般向我袭来，我手足无措，觉得自己像一艘没有锚的孤舟。

我开始问自己，我一个人时选择读书、写作，是在享受自由呢，还是变相地借读书、写作来让自己忙碌呢？

这时的惶恐使我体会到，原来一直以来我是借着读书和写作让自己回避孤独，拒绝面对自己。不然我为什么会感到不安呢？

"什么都不做"却又保持清醒和宁静，原来是最困难的。因为害怕自由，所以我们沉浸在自己并不喜欢的习惯里，被自己憎恶的关系肆意捆绑。

如果切断这些牵绊，我们该如何才能让自己镇定下来，去面对来势汹汹的自由？

纪伯伦说，自由是人类枷锁中最粗的一条。我不知道，他的体会是否正是我的感觉，我是否因害怕自由而自愿成为奴隶？

美国国家公园之父约翰·缪尔在他的夏日日记中描写寻找羊群的经验，写的不只是羊，还有害怕自由的人类："我找到羊群时，发现它们因害怕而沉默地缩在一起。显然它们已在这儿待了一个晚上又一个上午，根本不敢出去觅食。它们虽然逃离了桎梏，但就像我们所知的一些人一样，反而对获得的自由感到恐惧，不知道该怎么办，而且似乎还很高兴能回到原来熟悉的牢笼中。"

难道是因为害怕自由，才使我们日复一日地过着不想过的日子，又或是不太甘心却又有点情愿地把自己交给忙碌？

很多人过完一辈子，一生中真正自由的时间，却少得可怜。

我试着在行程表里清出一些空当，让自己有时间体会无所事事的乐趣——我也不想一直与自由为敌，抗拒它的亲善访问啊！✿

投资自己

● 吴淡如

让自己每个月都有点进步，你会为自己感到骄傲，也会对未来充满信心。

有人说：人生是由意料之外的事情组合而成的，我十分同意。我们现在的样子，跟小时候"我的志愿"里想要变成的样子大不相同。在我的朋友中，"我的志愿"要当富有多金的总经理的，现在成为一个很安于现状的公务员；志愿要生一堆小孩的，现在成为遨游四海的空姐，自由得像只鸟，根本不想结婚；有人本来立志当卡车司机却变成大学教授，也有人从打架生事的街头小混混变成了律师，还有人从最调皮叛逆的少女变成了最贤淑温良的家庭主妇。

瑞真是个很妙的例子。她从小就向往琼瑶小说中的爱情，想要嫁个有学问、有品位、有为而且最好很有钱的金龟婿，这个强烈的念头从来没变过。

她的朋友都知道，她是"一看到男人就开始考虑是不是结婚对象"的偏执狂。成长过程中，由于她长得很可爱，个性也很开朗、主动，男友从来没断过。但由于她对"良禽择木而栖"的要求还挺严格的，到了近三十岁，愿望还没完成，可是自己已经是一位通过特考的外交官了，无心插柳地变成了一个女强人。怎么说呢？她最有趣的地方，就是为了爱情什么都做。

根据我们的常识，一个为了爱情什么都做的女人，往往会被心爱的男人贬得很惨，尊严受损的程度往往超过她得到的感激。但瑞真稍有不同，因为她还相当爱自己，所以她的"什么都做"，很良性地偏向于提升到"什么都可以努力"的层面。

家境普通的她从小蛮用功的，念的都是明星学校。因为她自小早熟，明白"不是有钱人家出身，高学历比房屋产权证更能当好嫁妆"，所以非得有漂亮学历不可。她并不是日文系毕业的，几年前却已经拿到职业口译的资格，每小时兼职工资高达万元，是因为她交了一个日本男友的关系。为了这个日本男友，她鼓足了劲考上公费留学到日本念研究生，拿到硕士后，虽然几经考虑没有和男友进结婚礼堂，但她的日文已好到让日本人误以为她是同胞。

她对于美术史的研究也很有一套，说穿了也还是因为有个男友是美术史学者，为了跟男友沟通，她的知识比科班出身的还强。

为了想要钓个科技新贵或企业家第二代，她也勤于出国旅游，每次还都狠狠地帮自己买商务舱以上，她说："当然只有在商务舱或头等舱才能遇到有钱男子吧。"这个念头虽未实现，因为每次坐在她旁边的都是有钱的老头，素来有礼貌的她也交了一些忘年交，也把世界上著名的旅游地点都玩遍了。

为了把旅费捞回来，她还写了一本跟环游世界有关的书。就算没有大卖，也玩出了成绩来。

不久前通过外交官考试，也不过是因为她临时起意，认为自己当"外交官夫人"一定很称心很有面子。朋友们都笑瑞真歪打正着，一心追求爱情，没想到却成全了自己，是瑞真最好的写照。

她与一心为了爱却导致不幸的女人最大的不同，应该在于，她很爱自己，还有她在误打误撞间，为了爱情"投资自己的一切"，而不是"牺牲自己的一切"吧。

一个懂得不断投资自己的人，往往能够享受到超乎"我的志愿"的甘美果实。我一直相信，只有成长才是一个人唯一的希望，投资自己的人，才懂得成长。不一定要立下什么崇高的志愿，只要人生不断地有学习有进步，不知不觉间，我们就得到老天爷给我们的"优良学生奖状"和奖品。虽然，奖品内容和我们预期的往往迥然不同。

当然，我们可以看到周遭也有这样的例子：本来胸怀大志，结果几十年人生没有任何的收获和长进，徒然给亲朋好友添麻烦。这样的人问题在于，有了志愿后，常常没有规划；有了规划后，又没有原则；有了原则后，又没有行动力；有了行动力，又不能持续。结果，就变成了"小人常立志"，总没办法为自己带来成就感。

生为现代人，我们的生涯规划常常赶不上时代的变化，也赶不上我们观念的变化，但是又有什么关系呢？只要你懂得投资自己，让自己每个月都有点进步，你会为自己感到骄傲，也会对未来充满信心。

❀

熊家的儿子

● 金圣华

小时候住在台北和平东路北师附小附近一条弯弯曲曲的长巷里。那年头，台北还没有高楼大厦，因为怕地震，所以民居以平房为主。

当年住在两个相连的大院子中，院子里建了好几座独立的房子。房东是位慈祥和蔼的太太，自己住在院中独一无二的楼房上，像母鸡般拱卫着楼下的房客。谁要交不出房租，准可以又拖又欠，赖个不亦乐乎。房东太太的算盘只会打出，不会打进，一片善心，反而弄得自己时时手头拮据。

院子里有很多孩子，白天各忙各的，到了晚上，都聚在院子中讲故事、数星星。每逢暑假，大人小孩都出来纳凉，这家搬出大西瓜，那家端上绿豆汤，大家围坐共享，好不热闹。

有一年，侧院搬来新邻居，姓熊。熊家有个儿子，年纪较长，脸圆圆，头大大，不爱读书。那年联考考不上中学，只进了夜校。

熊家的儿子沉默寡言，数学不好，听说只热衷于写小说，而且还想写武侠小说。

熊爸爸与熊妈妈时常吵嘴，有时候还拿儿子出气。院子里的邻居心目中认为功课差的就是坏孩子。没有谁喜欢跟熊家的儿子玩。这熊家的儿子，长大了就是古龙。

从达利想起

达利的书，震撼力很强，经久耐看，但是，并不令人喜爱得想据为己有。

喜欢的反而是达利设计的珠宝。

那一年，有幸在巴黎参观达利的回顾展，意外的是竟然看到了许许多多达利设计的精品。

珠宝一到达利的手中，不再是冰冷冷的金属或矿石，全都活了，像赋予了生命似的在眼前展现。

记忆中有一张极具诱惑力的樱唇，用红宝石镶嵌而成，唇中露出贝齿，细看是颗颗光润的珍珠。还有一棵华彩夺目的金树，树上挂满了各色宝石，像是童话王国的产物。达利的设计，使人明白珠宝的妙用。

珠宝并不是用来挂在颈上或套在手上以炫耀财富的。稀世的奇珍，配上巧匠的心思，方能相得益彰，充分发挥美的极致。

大红衣服配上翡翠项链，彩蓝长袍佩上红宝胸针，首饰再醒目、再贵重，也不济事，徒然显得饰主庸俗不堪而已。

穿金戴银，必须注意美感的效果，否则，与身上贴满钞票无异。

多一只碟子

从朋友口中听到一则轶事：

电子学教授陈之藩当年自美国来香港中文大学履新，临行之前，与夫人在家中整理行装。陈教授夫妇有一套精美的茶具，收拾装箱时，一不小心，打破了一只茶杯。

一般人的反应，一定是感到十分心疼，好端端的成套茶具，打破一只杯，如何去配？

谁知陈教授的反应却不然，他莞尔一笑，坦然说道："真不错，又多了一只碟子！"

凡事从好处想，这种能耐，在现实生活中，确能使人受益无穷。

陈之藩教授不但是位杰出的科学家，也是位了不起的散文家。他的散文集，如《旅美小简》《在春风里》《剑河倒影》等，清新隽永，当年曾使我折服不已。如今回想起来，令我惊叹的，不仅仅是他那优美的文笔，而是字里行间流露出来的睿智与巧思。

人生不如意事常八九，这是一句老话，老得几乎令人不想再重复，可是生命的旅程，行行复行行，在漫长的旅途上，的确会遇上一重又一重的挫折。

每当失意时，总觉得别人为什么比自己幸运？别人生意兴隆，仕途平坦，财源广进，名成利就，自己为什么如老牛破车，踽踽独行在暮色四合的郊野上？

果真如此吗？杯中只有一半水，有人喜滋滋地说："好呀！还有半杯。"有人愁眉苦脸："哎呀！只剩下半杯了。"分别就在这里。

不写回忆录

记得有一次，看罗大冈写的《罗曼·罗兰小传》，书中提到在一大堆罗兰的手迹中，发现了一张小字条。

这字条是他十四五岁时写的，答应妈妈要好好用功，努力去投考法国最负盛名的理工学院……

看了这段记载，就感到人生实在有趣。一个孩子写的便条，后来都成了墨宝。

哪家孩子没写过这样的条子？人真得出名才行呢！

成了名家之后，当年的垃圾都成了宝。后人会千方百计从鸡毛蒜皮的小事中去发掘资料，以便撰文立传，或写研究报告。

可是立传对象当年的感情生活或内心世界，又有多少人可窥透？人心是个无底的洞，探之不尽，人往往连自己都不了解，更何况去了解别人？

这世上有多少传记是真实无欺的？实在很难说。

历史是透过长距望远镜观察所得的内容，孰真孰假，难以确定。传记是运用显微镜放大的图像，难保没有夸张渲染的成分。除非是传记家贴身追随立传的对象，为他记下详细的起居注，就像"约翰逊博士"的传记一般。即便如此，也不见得一定准确无误。人生处处都有"罗生门"，各人眼中看到的事物，必然会因角度不同而有所偏差。

所以有些名人既不让人立传，也不愿意写什么回忆录！

书与人

有朋友在情场上轰轰烈烈地驰骋了一阵，终于累了，最后，收拾情心，悄悄退回书斋之中，终日与书本为伍。再听不到他唉声叹气，只觉他心情平和，仿佛一切都豁然开朗，天地广阔了许多。

把自己的喜怒哀乐，完全寄托在另外一个人身上，原是一件十分危险的事。对方喜则自己心花怒放，对方怒则自己心惊胆颤，对方的一笑一颦，完全控制着自己的情绪起落，这又何苦呢？面对书本，则完全没有这种麻烦。

择书比择友简单得多，不擅辞令、厌恶应酬的人，可以自由自在地徜徉于书林之中，游目四顾，俯拾皆友。

看书，可以博览，可以细嚼，没有人会怪你喜新厌旧，也没有人要求你从一而终。你大可以从一本换到另一本，喜爱的书，不妨一读再读；不耐看的书，又可随手抛下，谁也不会因此而伤心失望。人际关系错综复杂，那"书际关系"呢？只要花点时间去了解，再高深的学问也弄得明白。

手持一书，吟哦于四壁之中，神游于四海之外，既可以与老庄谈心，又可以跟柏拉图对话。心情烦闷时，济慈、雪莱在你耳畔喁喁细语，巴尔扎克为你搬演《人间喜剧》，还有李白、杜甫、王尔德、莎士比亚……一大堆才华横溢的朋友等着你呼唤前来。

找不到朋友时，为什么不翻翻书？🐝

月光如水水如天

陌生的爱情

● 罗　兰

　　她是个美丽而又寂寞的女人。不是没有人爱她，而是她从未重视过他们的爱。她拒绝那些诚惶诚恐的爱情，仿佛它们会玷辱了她。

　　隔壁新搬来一户人家。

　　女的很漂亮，约有二十五六岁，成熟得像五月里的杏。男的四十多岁，瘦瘦高高的个子，见人说话的时候，有着一种特殊的礼貌，礼貌之中又有着一种令人感觉得到的吸引力，表现在他那极有内容的微笑里。

　　后来她知道，他并不住在这里。女的是他的外室。他有相当显赫的地位，他有无论在多少人中也会立刻被发现的仪表。曾到过好几个国家，写得一手好散文，会画风格别具的山水，而最最重要的是，他爱所有有资格被爱的女人。

　　他有时候来，时间不一定。有时早晨，有时中午，有时下午，但绝少在晚上，她所知道的只有一次，那天下雨，他来了，没有走。隔壁炒菜的香气格外浓些，收音机也关得特别早些。

　　初夏的早晨，她在对面草地上看那一丛小花。她喜欢它们那淡淡的紫色，而且开得那么爽快，就像一个任性的女孩子。

　　她偶一抬头，只见那个瘦瘦长长的男人从转角处走了过来。他穿着一件花格子的香港衫，配上一条淡灰达克龙的西裤，迈着轻快的步子，沿着那一道红砖的围墙走来。她好奇地望着他，他越走越近，近到她可以看清他那梳得很有韵味的头发，和他那对会看透人心的、深褐色闪亮的眼睛。

于是，他对她笑着：

"你早！"他的声音很低，低到只有在这样近的距离才可以听见。

"你也早！"她笑望着他，带着挪揄和嘲弄，和应有的礼貌。

他对她笑了笑，低头看了看她刚刚在欣赏的花，说：

"我很喜欢这种花。"

"哦，我也喜欢，只是不知道它们的名字。"她看了看他那细长的手，上面有一枚纪念戒指。

"当你喜欢一种花，你喜欢它就是了。本来用不着知道它们的名字。"他闲闲地说。

"可是，当你喜欢它的时候，你总会希望多知道它一点是不是？"她笑着，巧妙地抹去浮现到脸上的风情，淡淡地问："走路来的？你的车子呢？"

他回头朝来的方向一指，说："在那边。我把它停在那边了。""哦！"她刚想问为什么不开过来，可是，她马上就领悟了。于是，她对他笑了笑，望望那绿色的小门，加上一句：

"还不去叫门？"

他笑笑，顺手摘了一朵紫色的花，向她挥了挥手，转身走向那绿色的门。

她一下子对那些紫色的花消失了兴趣。

有台风警报，雨一阵一阵地大起来，风开始扫进这市区。

她从朋友家出来，想在风雨还未太大之前，赶回家去。雨斜着打过来，她的伞失去了作用，薄薄的花绸旗袍，一下就湿了。

正站在树下发愁，一辆黑色的轿车轻轻停在她的面前，驾驶座上的人隔着玻璃对她点点头，就伸手把车门打开了。

她看清了那是谁，带着冒险的心情上了车子，坐在他身旁。

他说了一声："幸亏遇见我。"就把车子发动了。

风和雨被挡在玻璃外面，山和树，路和桥，都被挡在玻璃外面。宽敞的车子里只有他和她，她却觉得很挤。

"到哪里去？"他问，注视着挡风玻璃上那悠闲的雨刷。

"回家。"她答。

"啊！对不起，我走错了路。"

"我早知道你走错了路。"她心里想，"你又何尝不知道？问题是，你是不是打算马上回头。"

他用他那对含蓄的眼睛对她看看，说："假如你不反对，我们不妨兜一个圈子。"

"你不会迷路？"

"偶尔也会的，但是我总可以找到路回来。"他说。

车子在风雨中向前滑动，还是山和树，路和桥。

"你不认识这条路了吧？"他问。

"嗯？我不认识，但是这里风景很美。"

"不认识的地方就会特别美。"

"为什么？"

"因为你不认识它，就不会联想到实际生活上的事物，就会使你觉得美。世间一切事物都是一样，一旦你知道这条路上，哪家是邮局，哪座建筑是医院，哪个店面叫什么字号之后，你就失去赞美它的心情了。"

"哦！怪不得你直到现在还不问我的名字。"

"不用问，我知道你喜欢我，这就够了。"

"奇怪！你哪里来的自信？"

"难道不是吗？"他减慢了车速，把一只手臂伸了过来。

"难道是吗？"她问，没有躲开他的手臂，顺着它，她偎了过去。

"我想是的。"

"我想也是的。"她抬头望了望他那带笑的眼睛，"我喜欢你。"

"你该知道那是因为什么。"

她默默地点了点头。

风和雨，山和树，路和桥。

越是不知道的东西，越是好的。这一切都陌生，连旁边这个人。她不知道他，不相信他；知道的只是他的浪漫，他的不可信，不可靠，一切都打着问号。

她爱他？

也许不如说，她想征服他。

因为一个知道自己有魅力的女人，不能忍受被一个喜欢任何可爱女人的男人所忽略。

于是，她和他开始了这段陌生的爱情。

这段陌生的爱情在他们彼此熟悉起来的时候终止。

她用不着对那成熟得像五月的杏的女人抱歉。

因为她们同样的，都只不过是被挡在玻璃外的那一段段的路，或一座座的桥。她用不着对他抱歉，因为她相信，当他发现他迷了路的时候，他总可以找到路回去。

她也用不着对自己抱歉，因为她知道，假如他也如同其余那些追求者一般忠诚，她就又会消失了兴趣。

玩肥皂泡的孩子，总是为了贪恋肥皂泡的美丽，而宁愿忍受幻灭时的悲哀。

不要问这是不是爱情。🐝

归 零

● 罗 兰

闲中整理抽屉，发现有一个小小的计算器。

我一生逃避数字，日常生活中的数目字似乎只是几月几日星期几，再有大概就是计程车钱的"照表减四"，连买菜都不再由我算账，自有柜台的收银机帮我算好，为图省事，常是付张整钞，由它找。何况我实在也极少买菜。每月的水电费是在银行开个帐户，由他们代付的。

这个小计算器是怎么来到我抽屉里的，我不太记得，细看，上面有一行小小的金字，是第四十三届记者节的赠品。

我一时觉得对它有点歉疚，为什么不打开来看看，试用一下呢？

计算器是很好玩的东西。你可以随意把心中想到的数字给它去加减乘除，它就乖乖地把得数显现给你看。数目字在你任意拨弄下，忽然变成长长的一串，忽然缩成短短的一截。而当你不忍心再折磨它的时候，就可以立刻大发慈悲，使它"归零"休息。

小小的计算器，好像是一个奔劳的生命，那么认真执着于每一个细小数字的得失。它要求自己绝对正确，毫厘不爽；即使在你这游戏的手下，也把你那不负责任的拨弄当真，竭忠尽智地显示出你其实一点也不认真要求知道的每一次的增减损益。而最后，如果你让它休息，它就一声不响地"归零"。好像是你让它走完了长长的征途，好不容易得到了休息。而在这游戏的过程中，你会觉得自己代表了一只命运之手，居高临下，旁观着各样的人生。看他们有时呼风唤雨，非常成功；有时塞舛困顿，寸步难行。而无论它这一趟任务是成是败，也无论是拥有了妻财子禄，或是孑然一身，最后都将烟消云散。银行中的万贯家财，世界上的赫赫名声；成功乐，儿孙福，一切一切，终于还是要如同这曾经展现过亿万数字的计算器，当你倦于拨弄，可以使它"归零"。

想到"归零"，我觉得有点可笑。数十年挣扎奔忙，最后"归零"时的感觉，大概也如同那在瞬间消失了一切数字的计算器，是清静又安逸的吧，而在明知终会"归零"，也仍不敢放手息局的奔忙中，如能看到计算器上"归零"那一刻的烟消云散，大概对整个人生的悲悯也就化为这一刻的解脱感了。

名利竟如何？恩情又怎样？一切的执着无非是抽象数字暂时的显现。重要的是，该认真生活的时候，认真地生活过了；能做做旁观者的时候，也潇洒地旁观过了。未曾忘记快乐；也尽力摆脱苦恼。来到手中的，欣然接受；要从手中溜走的，怡然放手。名利如此，恩情也是一样。有过的就是有过了，失去时也应认可，那计算器上灵敏活跃的数字，如昙花般显现又消失，所记录的其实就正像这踊跃多彩的人生。造物者曾按下那使你开始奔劳的按钮，造物者也将释放你，让你"归零"。

庄子的话真是生动！他说：

"大块载我以形，劳我以生，佚我以老，息我以死。""息"字用得真是现代！那岂不就是计算器在一连串得失损益之后的获释？那真是最漂亮的一种"消失"。好像第一流的大乐团在最可爱的指挥者的手势下极有默契的全部休止，一瞬间就隐去了所有的声音。

小小的这计算器，比一块苏打饼干还小，而它容纳的却像是人们一生的数字，在增多与减少、收获与付出、得到与失去、喜悦与惆怅的一连串浮沉之后，会悄然而心安理得地这样"归零"，这样"隐去"，给我的感觉是如此的潇洒，这样的收放自如又率真！❀

为自己开路

● 罗 兰

不知你有没有以下的经验？

当你随着很多人一起逛夜市时，为了怕和别人失散，你必须随时注意别人的去向，跟着大家亦步亦趋。结果你一路上所看到的只是你的同行者，而并没有看到夜市上究竟有些什么东西。

于是，你决定下次逛夜市的时候自己去。结果你看清了夜市，也买到了所要买的东西。

当你和别人约好同赴某一个会议，你会在约定的时间以前，提早准备等待他们的按时来临。结果他们之中有人忘记了时间，或中途交通阻塞，车子故障，因而延误，你却为了守约，不得不继续等待，最后大家一起迟到。

于是，你决定下次自己去。可以省一切的电话约定、提前准备和等待大家聚齐的时间，并避免迟到。

二十年前，一个国小毕业的孩子，和别人一起挤联考，经历了一切恶性补习的惨痛折磨，而仍然榜上无名。后来，他的父母决定因材施教，让他进一所大家视为冷门的美术学校去学美工。二十年后，工商业空前繁荣，各处亟需大量的美术人才，他在广告界出人头地。

一个人，只因为唯恐与别人失散，而忘其所以的和别人挤在一起卷来卷去，把别人的方向当成了自己的方向，这是一种迷失，和对个人思辨能力的障碍与约束。大家牵牵绊绊，拥向同一个目标，每一个都无暇旁顾，人们却称这种现象为"竞争"，以为这就是"进步"的原动力。人们时常为了怕与别人失散而不敢自寻出路；人们也怕离开了跑道去给自己另开蹊径会被认为遭受淘汰出局，而只得盲目地继续跟着别人奔跑，以在跑道上的胜利为胜利，以能参加众人的拥挤为安全或成就。

把眼光盯住别人不放，以别人的方向为方向，总难超越别人。要想有成就，你得自己开路，而你所开的路因为你自己的理想、见解与方式，所以是你所独有的。老子认为：

"以其不争，故天下莫能与之争。"

"不争"不是"无为"，而是放下竞争去为自己开路。

现代大众一窝蜂式地赶时髦、挤热门，赶同一个考试，争同一类生意，好像失去平衡的船，一下歪到这边，一下倾到那边，大家毫无自制力地彼此跟着乱挤。登高望远的道家却在一旁抚胡微笑，找大家在盲目竞逐之中所无暇顾及的捡上一两样，种植与耕耘去了。

在现代这分秒必争的工商业社会里，我们尤其佩服那些能保持清醒的人们，在行列外面，自有主张地加速奔驰。他们不问金榜上的第几志愿，不赶热门，不追逐别人已有的成就。他们是"不与赛者"，但他们锐气十足，坚定勇敢，因为他们知道自己为什么要奔驰，他们的方向是经过自己认定而不是追随别人的方向。

在现代的人潮车阵、十里烟尘中，他们独具一份道家式的飘逸不群之美。他们不争，而他们却是在全力以赴地"为"。他们旁边没有一群人，他们所拥有的是能冷静思考、独立判断的自己。

金钱反应与商业念头

近来常发现人们对事情的第一个反应是："多少钱？"

你答应了一项工作，人们不问你这项工作的性质与意义，而先问你"能拿多少钱？"如果你说"这是不计酬劳的"，他会有两种反应，一是"不相信"，觉得你一定是"偷偷地在赚钱，怕给别人知道"；一是"你怎么这么傻瓜，不给钱有什么可做的？"

你办一个活动，别人会问你："收不收入场费？""不收？那你办它做什么？"

你去旅行。"花了多少钱？""带的东西能赚回来吗？"

你要上大学。"投资那么多，什么时候才可以赚得回来？""要是从高中毕业就做生意，早就发财了！"

给孩子学钢琴。"很好啊！将来做私人老师教琴，真好赚呢！"

似乎一切都变成了生意。你做的每一件事，目的都应该是为了赚钱。

你用"是否可以赚钱"来衡量事情，别人以"是否赚到了钱"来测试你。于是，事情的动机和目的全被扭曲，纯正的动机不被信任，也不被支持。许多有意义的事情都因此而中途受到质问，我称这种"质问"为"商业念头"。在这念头之下，不是把一件有意义的事在一瞬间变成了商业行为，就是在大家互相监视与戒备之下，收摊不干，解散了。

"商业念头"之令人沮丧，就是因为它在无形之中给精神品质带来了破坏性。它使美丽的理想受到讥嘲，给做事者的热情浇下冷水，丑化了梦想，造成了怀疑，俗化了事情原有的境界，使它由纯洁地追求一个崇高的目标，降级为"有利可图就好"。

"理想"的本身应该是件浪漫的事。它追求的是一项高远美丽的目标。它是一种力量和热情，使你为它赔上时间与金钱在所不惜。而由于这理想本身的美丽动人，常会吸引来许多志同道合的同志与同好，大家全用这种浪漫的心情来为这理想奠基，为它耕耘与开拓。

于是，在力量与热情的支持下，它开花结果，漂亮极了。

但许多事也就在这个阶段来临的时候，商业念头开始袭来，使人们的热情骤然下降，功利的侦防开始抬头。

"我们做得这么有声有色，是不是其中有某某人赚到钱了？"这个念头一旦开始，理想的浪漫色彩立刻消退，热情的水银立刻不可救药地下降至冰点。

开始时的同志与同好，此刻变成了互相怀疑、彼此戒备的敌人。最普遍的反应是：

"我们大家出力，原来只为了给某人赚钱。"

我看到许多可贵的团体，在这样的因果之下骤起乍落。

我不是说，工作可以永远不靠金钱的维持，更不是说，人们可不靠金钱而生存。

金钱原该是工作的回报，而且应该是工作越好，金钱的回报越多。问题只是，当你把注意力由工作转向金钱之后，分散了对工作的专注，偏离了工作原来的指标，掺入了功利的杂质，为求迅速达到赚钱的目的而急切完成，为求较普及的市场而迎合俗众，误以初步的成功所赚来的金钱为终极的成功巅峰，不再追求精进，只在浅薄的水平上重复一项初步的完成。我们看到太多有天分的钢琴学生为了教琴赚钱而终于未能成为一位更好的钢琴家；我们看到太多的艺人在刚起步时的成功之后，就停留在这一阶段，在舞台上蹦跳一阵之后，迅即消失。急功近利的做事态度，使人直接地奔向金钱，而无心顾及理想，更无暇完成理想。大家心慌意乱，毫不汗颜地奔赴金钱，表现在一个社会上，是浅薄急躁、纷乱与浮嚣。大家只跑短程，从闻枪声起跑，到近在眼前的终点，只求瞬间的完成，便沾沾自喜。大家不步也不敢抛开金钱利益的念头，去埋头深耕，以待日后那自然而久远的理想与金钱同时达成的、双倍的回馈。

总希望我们的社会多发挥一些雍容沉稳的大国之风。能在直接的财富之外，有眼力见到间接财富；在狭义的财富之外，有胸襟见到广义的财富。

"眼睛所看着的地方就是你会到达的地方。"教田径赛的老师会告诉你，"跳远的时候，眼睛要看着远处，你才会跳得够远。"

创事业的人，追求理想的人，要能避开商业念头的侵袭，才算是走上了成功的第一步。❀

为了这春天

● 罗　兰

　　春，说不出带给你的是什么，只觉得整个儿是一段从萧索到繁荣的挣扎，是人对自然的耐力与生存意志的严酷考验，是非常痛苦的一个过程。当一切完成之后，那份对于新生的茫然，却如大梦初醒——要重新认识这世界和自己所站立的位置了！

　　每一个四季，每一个生命，岂不都是经历如此的过程？从挣扎着出生到懵然到觉醒，用完全陌生的眼睛认识环境，适应生存，肯定自我，而后再一次从繁荣到萧索，又从萧索到新生的呢？

　　经过了各式各样的匆匆，也经过了各式各样的冷暖，穿皮衣的日子，挤人潮的日子；提着大包小包，不知为什么不能众醉独醒，而只能随俗奔忙的日子，春节这一天，骤然间，一切静止，大概是岁月蜕变到了顶点吧？然后回到家里升起一些炉火，点亮一些烛光，在门前或各个角落，张贴一些生命的象征，宣告挣扎的决心，祝祷生命的持续与繁华。接着，在醇酒一般浓浓的醉意中，忽然那一切的挣扎与戒备都解除了。街上再度有了车声，人踪再度从疏落到繁盛。外面的大树摆脱了岁暮的枯黄，和几上的桃枝一起绽出了新叶。日历一下子就要跨到三月，一个新的奔赴，在轨道上已经进行好一阵子了，而你在这个蜕变的季节里梦游着。

你，曾经是怎样活过来的呢？

好像刚刚发现自己被放置在一个陌生的起点，四顾茫然，要从头找回一些记忆，发现一些去岁的遗痕。从无依中起步是如此的需要集中神智来使自己摆脱旧梦，是如此的需要气力来让自己举步前行！

醒过来的时候，是淡淡的春晨，外面正下着雨，雨中车辆驶过的声音是那样的陌生又熟稔。以前是用什么样的心情，去听这川流着的行列呢？以前你的苦是什么滋味，你的乐是什么状貌？你曾经在成功的顶峰还是在失败的谷底？你曾经为爱兴奋还是为恨伤怀？你曾为做错过什么而痛悔？为忽略了什么而失落？你曾有什么事该做而未做？你曾允诺过什么而未实行？

梦前与梦后，隔着一片雾一般的空白吧？

也许，也许，仍有一片伤痕在痛，提醒你，那错误的噩运仍在持续；也许，也许，你记起有一枚小小的青叶，在心的冬眠中等待绽发。你要弥补的是什么呢？要完成的是什么呢？要追寻的是什么呢？……

你需要一些答案。

而日子已经在春雨与春晴、春寒与春暖中，一页一页地飞去。仿佛是旧时一些爱情的信简，那些薄薄的纸页所飞越过的时间与空间，均已不再。

要写的是一封不该写也不该寄的信，却是一封最想写也最想寄的信。寄给一个绿绿的春天，告诉他，你的心情为了这春天而涨满温柔的泪水。❀

特别的赞美

● 李碧华

　　结婚将近十年了还常想起丈夫之外的另一个男人，说起来有点想入非非的不应该。但仔细地自我检讨，我想的是和他之间发生的一件事，又不是他那个人，根本谈不上心灵走私，心里也就抛开罪恶感了。

　　事实上，我没有半点虚假。那天在信义路上碰到他，我还特意绕了大半个圈子避免打招呼。对他，随便打招呼其实很多余。

　　之所以难忘那件与他有关的往事，实在是因为他一个不经意的心意与话语，竟改变了我的一生。到现在，他还不知道。

　　那是个落雨的午夜，我加班后返家。弱不禁风的我和一辆年迈失修的小车一起奔驰在福和桥上。突然"砰"的一声，我的小车被后面疾驶而来的大车撞得东倒西歪。车已半毁，人已吓瘫；雨，滴答个没完没了。

　　是个微醺半醉的男人，一点点酒意，让他的声音透着松软温柔。

　　恨透了酒鬼的我居然马上原谅了他，因为他下车奔过来准备营救与道歉的速度太快，快到我认定他绝对是个不闪避、能扛下责任的正人君子。

　　可以想象的，就是他没有任何迟疑地带我离开现场，送我回家，知悉我并无大碍后，留了一张名片。

小事一桩啦！人平安就好，那车早该功成身退了，不用太心疼。第二天，天已放晴，我忘却昨夜的倒霉，心情像阳光般准备把文案漂亮地写出来。上了楼梯，一眼瞧见我桌上那盆鲜花。从来没有人知道我的生日，而该庆祝的任何好事在近半年内不曾发生过一件。

署名是……哦，原来是那个撞我车的冒失鬼。其实，那真是件不足挂齿的小事，小到我不想费一丝力气去处理它，就算这辈子未曾有男人送过花，我也不认为自己需要借由"交通意外"来完成这第一次。

冒失鬼显然想要经由我俩进一步的深交来表达歉意，并获得宽恕。送花之后一个星期五，他执意来"约"我。我的妈呀！穿条破牛仔裤上车被载到一家私人俱乐部的我，放眼一看，共有五男五女盛装端着香槟等我。那冒失鬼也没有特别介绍我是谁，只在坐定后跟我说，五男五女都是知己好友，他邀我来是因为："想听一听意外中能保持镇定，意外后又保持善意的特别的女人说话。"

他告诉我，出入上流社会俱乐部是他工作的一部分，眼前所见的女子哪一个不是名门闺秀？可是，那个雨夜的意外相识，竟令他分秒无法忘怀："你实在非常特别。"

一个三十八岁、毫无姿色的女子获得他如此真心且日复一日、益发热烈的赞美，只因我未违本性地不在乎？或是不拘小节地我行我素？

那以后的半年，我随他参加了无数令我内心冲击、生命丰富、无关风月的聚会，根本不必去深究他已婚或未婚，彼此只是用心去抓紧两个人如磁铁般互吸的那点由衷的相惜。

他甚至还带我回家见他的父母，简单地介绍："这辈子庆幸遇见的知己。"

相处相约的那一年，我深记他对我"特别"的慧眼赏识，以至于往后的每一个日子，即使他后来奉派外调，两人已完全没有联络，我都没忘记发扬他口中的"特别女孩"的特别，而让自己增添了无可言喻的自信及只有自己才能觉察出的前所未有的魅力。

  凭着这股自信与魅力，我一年后遇见且捡到最后捡到的"大石头"老公。

  冒失鬼，谢谢你那句特别的赞美，促成我特别的后半生。🐝

人间，只是抹去了脂粉的脸

● 李碧华

婊子无情，戏子无义。

婊子合该在床上有情，戏子，只能在台上有义。

每一个人，有其依附之物。胎儿依附脐带，孩子依附娘亲，女人依附男人。有些人的魅力只在床上，离开了床即又死去。有些人的魅力只在台上，一下台即又死去。

一般的，面目模糊的个体，虽则生命相骗太多，含恨的不如意，糊涂一点，也就过去了。生命也是一本戏吧。

折子戏又比演整整的一本戏要好多了。总是不耐烦等它唱完，中间有太多的烦恼转折。茫茫的威力。要唱完它，不外因为既已开幕，无法逃躲。如果人人都是折子戏，只把最精华的仔细唱一遍，该多美满呀。

帝王将相、才子佳人的故事，诸位听得不少。那些情情义义、恩恩爱爱、卿卿我我，都瑰丽莫名，根本不是人间颜色。

人间，只是抹去了脂粉的脸。

又一场了。

戏人与观众的分合便是如此。高兴地凑在一块，惆怅地分手。演戏的，赢得掌声、彩声，也赢得他华美的生活。看戏的，花一点钱，买来别人绚缦凄切的故事，赔上自己的感动，打发了一晚。大家都一样，天天合，天天分，到了曲终人散，只偶尔地，相互记起。其他辰光，因为事忙，谁也不把谁放在心上。

歪歪乱乱的木椅，星星点点的瓜子壳，中间还杂有一两条惨遭践踏、万劫不复的毛巾，不知擦过谁的脸，如今来擦地板的脸。❉

原来那么浅

● 李碧华

　　一匹小斑马浸泡在水中。它悠闲而自在，完全不觉察四下的危机。

　　在岸边，有一头体积比它大数倍的母狮正在窥伺。母狮没有贸然采取行动，不是因为无把握，只是不知道水的深浅，所以静待良机去猎杀。

　　不久，小斑马满足地站起来了，几乎没伸个懒腰。

　　是的，它犯了致命的错误，让岸边的敌人洞悉：哦，原来那么浅，只及你膝。

　　母狮蓄锐出击，马上中的，啮咬着斑马的咽喉不放，并撕裂血肉，大快朵颐。

　　母狮进餐，是在水中一个小浮岛上进行。它并无意与同伴分食。

　　岸上来了些狮子，远视它吃得痛快，也馋诞大流。不过晚来了一点，又不敢轻举妄动：不知道水的深浅呀，所以没游过去抢食。

　　母狮死守并独占食物，得意地尽情享用。一不小心，尸体掉进水里，它下水攫住，一站起来，群狮洞悉了：哦，原来那么浅，只及你膝。

　　二话不说，一齐下水拥前。饥饿的狮子群，把母狮的晚餐抢走了，分享了。真无奈。

人人都不想倒下去，只望站起来。无意中，一个飞扬跋扈的姿态，便让所有旁观者知道你是个怎么样的人，底牌在哪儿，水有多深——哦，那么浅。是自己给揭发的。✿

给母亲的短柬

● 李碧华

在大阪梅田纪伊国屋书店，发现了一本动人的书，叫《给母亲的短柬》。我跳着看，最先看到千叶县一位七十一岁的须藤柳子写的："妈，转眼间我已古稀之年了，请千万仍然活着。我渴望有机会与你见面——我此生仍继续尽力寻找你。"

信很短，但"故事"跃然欲出，这是一个自欺欺人幽澹渺茫的梦，但无人忍心戳破。

再挑选一些意译送给各位："当我见到桔梗花突然绽放，令我想起你在年轻的日子，大太阳下，持着一把伞。"

"妈，不要再操劳了，你做得够多了，让我们把爷爷从医院带回家去——我好担心你俩都会死。"

"妈，每当我软弱，夜里想哭，我会梦见你，温柔地拍着我的背。"

"在我小时候，曾骂：'你去死吧！'我多想把那小孩杀掉。"

"妈，节日来了，我常忆起好想吃你给父亲的供品。现在，我的孙儿也有我当年那么大了。"

"求你来领我出去，妈，我在森林中迷路了！"

"在电话中说真有点不好意思，所以我偷偷写个字条：'对不起，妈。'"

　　"你那么忙：煮饭、洗衣、清洁、照顾小孩，种种之外，还有桩大事，便是紧盯爸的艳遇。妈，你好棒。"

　　"妈，你别遮瞒自己穿几号衣好不好？我很难给你选购外套的。"

　　"你一定很奇怪，我是从来不给你写信的。彩子她有孕了，妈。"

　　"妈，你快乐吗？满足吗？你猝然去世后四年，我才有力气问你这个问题。"

　　"你常插嘴，又是个爱离间的八婆，好讨厌呢——但你保持现状吧，因为这样证明你很健康。"

　　"妈，我今天在巴士站见到一个女人很像你，我帮她提袋子了。"

　　"妈，当哥哥战死沙场，你从未当众流过一滴泪。你究竟在何时何地哭泣？"

　　"我很后悔没告诉你，你只有三个月寿命。你一定有很多很多话未说。我一点都帮不上。"

　　"妈，你同那个男人一起开心吗——爸至死也一字不提。"

　　"妈，不要死，直至我觉得是时候了。不要死，要等我完全报答你，你不要死……"

　　柬虽短，但用字纯朴，发自真心，令人泫然。✿

窃读记

● 林海音

　　转过街角，看见三阳春的冲天招牌，闻见炒菜的香味，听见锅勺敲打的声音，我松了一口气，放慢了脚步。下课从学校急急赶到这里，身上已经汗涔涔的，总算达到目的地——目的可不是三阳春，而是紧邻它的一家书店。

　　我趁着漫步给脑子一个思索的机会："昨天读到什么地方了？那女孩不知最后嫁给谁？那本书放在哪里？左角第三排，不错……"走到三阳春的门口，便可以看见书店里仍像往日一样挤满了顾客，我可以安心了。但是我又担忧那本书会不会卖光了？因为一连几天都看见有人买，昨天好像只剩下一两本了。

　　我跨进书店门，暗喜没人注意，我踮起脚尖，使矮小的身体挨蹭过别的顾客和书柜的夹缝，从大人的腋下钻过去，哟，把短发弄乱了，没关系，我到底挤到里边来了。在一片花绿封面的排列队里，我的眼睛过于急忙地寻找，反而看不到那本书的所在，从头来，再数一遍，啊！它在这里，原来不是在昨天那位置了。

　　我庆幸它居然没有被卖出去，仍四平八稳地躺在书架上，专候我的光临。我多么高兴，又多么渴望地伸手去拿，但和我的手同时抵达的，还有一只巨掌，五个手指大大地分开来压住了那本书："你到底买不买？"

声音不算小，惊动了其他顾客，全部回过头来，面向我。我像一个被捉到的小偷，羞惭而尴尬，涨红了脸。我抬起头，难堪地望着他——那书店的老板，他威风凛凛地俯视着我。店是他的，他有全部的理由用这种声气对待我。我用几乎要哭出来的声音，悲愤地反抗了一句："看看都不行吗？"其实我的声音是多么软弱无力！

在众目睽睽之下，我几乎是狼狈地跨出了店门，脚跟后面紧跟着是老板的冷笑："不是一回了！"不是一回了！那口气对我还算是宽容的，仿佛我是一个不可以再原谅的惯贼。但我是偷窃了什么吗？我不过是一个无力购买而又渴望读到那本书的穷学生！

曾经有一天，我偶然走过书店的窗前，窗里刚好摆了几本慕名很久而无缘一读的名著，欲望推动着我，不由得走进书店，想打听一下它的价钱。也许是我太矮小了，不引人注意，竟没有人过来招呼，我就随便翻开一本摆在长桌上的书，慢慢读下去。读了一会儿仍没有人理会，而书中的故事已使我全神贯注，舍不得放下了。直到好大工夫，才过来一位店员，我赶忙合起书来递给他看，煞有介事地问他价钱，我明知道，任何便宜价钱对于我都是枉然的，我决没有多余的钱去买。但是自此以后，我得了一条不费一文读书的门径，下课后急忙赶到这条"文化街"，这里书店林立，使我有更多的机会。

一页，两页，我如饥饿的瘦狼，贪婪地吞读下去，我很快乐，也很惧怕，这种窃读的滋味！有时一本书我要分别到几家书店去读完，比如当我觉得当时的环境已不适宜我再在这家书店站下去的话，我便知趣地放下书，若无其事地走出去，然后再走入另一家。

我希望到顾客正多着的书店，就是因为那样可以把矮小的我挤进去，而不致被人注意。偶然进来看看闲书的人虽然很多，但是像我这样常常光顾而从不买一本的，实在没有。因此我要把自己隐藏起来，真是像个小偷似的。有时我贴在一个大人的身边，仿佛我是与他同来的小妹妹或者女儿。

最令人开心的还是下雨天，感谢雨水的灌溉，越是倾盆大雨我越高兴，因为那时我便有充足的理由在书店待下去。好像躲雨人偶然避雨到人家的屋檐下，你总不好意思赶走吧？我有时还要装着皱起眉头不时望着街心，好像说："这雨，害得我回不去了。"其实，我的心里是怎样高兴地喊着："再大些！再大些！"

但我也不是个读书能够废寝忘食的人，当三阳春正上座，飘来一阵阵炒菜香时，我也饿得饥肠辘辘，那时我也不免要做个白日梦：如果袋中有钱多么好！到三阳春吃碗热热的排骨大面，回来这里已经有人给摆上一张弹簧沙发，坐上去舒舒服服地接着看。我的腿真够酸了，交替着用一条腿支持另一条，有时忘形地撅着屁股倚在书柜旁，以求暂时的休息。明明知道回家还有一段路程好走，可是求知的欲望这么迫切，使我舍不得放弃任何可捉住的窃读机会。

为了解决肚子的饥饿，我又想出一个好办法，临来时买上两个铜板的花生米放在制服口袋里。当智慧之田丰收，而胃袋求救的时候，我便从口袋里掏出花生米来救急。要注意的是花生皮必须留在口袋里，回到家把口袋翻过来，细碎的花生皮便像雪花样地飞落下来。

但在那次屈辱之后，我的小心灵确受了创伤，我的因贫苦而引起的自卑感再次地犯发，而且产生了对人类的仇恨。有一次刚好读到一首真像为我写照的小诗时，更增加了我的悲愤，那小诗是一个外国女诗人的手笔，我曾抄录下来，贴在床前，伤心地一遍遍读着，小诗说：我看见一个眼睛充满热烈希望的小孩，在书摊上翻开一本书来，读时好似想一口气念完。开书摊的人看见这样，我看见他很快地向小孩招呼："你从来没有买过书，所以请你不要在这里看书。"小孩慢慢地踱开叹口气，他真希望自己从来没有认过字母，他就不会看这老东西的书了。

穷人有好多苦痛，富人永远没有尝过。我不久又看见一个小孩，他脸上老是有菜色，那天是没有吃过东西——他对着酒店的肉用眼睛去享受。

我想着这个小孩的情形必定更苦，这么饿着，想着，这么一个便士也没有。

对着烹得精美的好肉空望，他免不了希望他生来没有学会吃东西。我不再去书店，许多次我经过文化街都狠心咬牙地走过去。但一次，两次，我下意识地走向那熟悉的街，终于有一天，求知的欲望迫使我再度停下来，我仍愿一试，因为一本新书的出版广告，我从报上知道好多天了。

我再施惯技，又把自己藏在书店的一角。当我翻开第一页时，心中不禁轻轻呼道："啊！终于和你相见了！"这是一本畅销的书，那么厚厚的一册，拿在手里，看在眼里，都够分量！受了前次的教训，我更小心地不敢贪懒，多串几家书店更妥当些，免得再遭遇前次的难堪。每次从书店出来，我都像喝醉了酒似的，脑子被书中的人物所扰，踉踉跄跄，走路失去控制的能力。"明天早些来，可以全部看完了。"我告诉自己。想到明天仍可以占有书店的一角时,被快乐激动得忘形之躯，便险些撞到树干上去。

可是第二天走过几家书店却看不见那本书时，像在手中正看得起劲的书被人抢去一样，我暗暗焦急，并且诅咒地想：皆因没有钱，我不能占有读书的全部快乐，世上有钱的人这样多，他们把书买光了。我惨淡无神地提着书包，抱着绝望的心情走进最末一家书店，昨天在这里看书时，已经剩了最后的一册，可不是，看见书架上那本书的位置换了另外的书，心整个沉下了。

正在这时，一个耳朵上架着铅笔的店员走过来了，看那样子是来招呼我的（我多么怕受人招待）。我慌忙把眼睛送上了书架，装作没看见。但是一本书触着我的胳膊，轻轻地送到我的面前："请看吧，我多留了一天没有卖。"

啊，我接过书害羞得不知应当如何对他表示我的感激，他却若无其事地走开了。冲动的情感，使我的眼光久久不能集中在书本的黑字上。

当书店里的日光灯忽地亮了起来，我才觉出站在这里读了两个钟点了。我合上最后一页——咽了一口唾沫，好像所有的智慧都被我吞食下去了。然后抬头找寻那耳朵上架着铅笔的人，好交还他这本书。

在远远的柜台旁，他向我轻轻地点点头，表示他已经知道我看完了，我默默地把书放回书架上。

我低着头走出去，黑色多皱的布裙被风吹开来，像一把支不开的破伞，可是我浑身都松快了。摸摸口袋里是一包忘记吃的花生米，我拿一粒花生送进嘴里，忽然想起有一次国文先生鼓励我们用功的话："记住，你是吃饭长大；也是读书长大的！"

但是今天我发现这句话还不够用，它应当这么说："记住，你是吃饭长大；读书长大；也是在爱里长大的！" ❀

冬阳·童年·骆驼队

● 林海音

骆驼队来了，停在我家的门前。

它们排列成一长串，沉默地站着，等候人们的安排。天气又干又冷，拉骆驼的摘下了他的毡帽，秃瓢儿上冒着热气，是一股白色的烟，融入干冷的大气中。

爸爸在和他讲价钱。双峰的驼背上，每匹都驮着两麻袋煤。我在想，麻袋里面是"南山高末"还是"乌金墨玉"。我常常看见顺城街煤栈的白墙上，写着这样几个大黑字。但是拉骆驼的说，他们从门头沟来，他们和骆驼，是一步一步走来的。

另外一个拉骆驼的，在招呼骆驼吃草料。它们把前脚一屈，屁股一撅，就跪了下来。

爸爸已经和他们讲好价钱了。人在卸煤，骆驼在吃草。

我站在骆驼的面前，看它们吃草料咀嚼的样子，那样丑的脸，那样长的牙，那样安静的态度。它们咀嚼的时候，上牙和下牙交错地磨来磨去，大鼻孔里冒着热气，白沫子沾满在胡须上。我看呆了，自己的牙齿也动了起来。

老师教给我，要学骆驼，沉得住气的动物。看它从不着急，慢慢地走，慢慢地嚼，总会走到的，总会吃饱的。也许它天生是该慢慢的，偶然躲避车子跑两步，姿势就很难看。

骆驼队伍过来时，你会知道，打头儿的那一匹，长脖子底下总系着一个铃铛，走起来"当、当、当"地响。

"为什么要一个铃铛？"我不懂的事就要问一问。

爸爸告诉我，骆驼很怕狼，因为狼会咬它们，所以人类给它戴上铃铛，狼听见铃铛的声音，知道那是有人类在保护着，就不敢侵犯了。

我幼稚的心灵中却充满了和大人不同的想法，我对爸爸说："不是的，爸！它们软软的脚掌走在软软的沙漠上，没有一点点声音，你不是说，它们走上三天三夜都不喝一口水，只是不声不响地咀嚼着从胃里反刍出来的食物吗？一定是拉骆驼的人类，耐不住那长途寂寞的旅程，所以才给骆驼戴上了铃铛，增加一些行路的情趣。"爸爸想了想，笑笑说："也许，你的想法更美些。"

冬天快过完了，春天就要来，太阳特别暖和，暖得让人想把棉袄脱下来。可不是嘛，骆驼也脱掉它的绒袍子了！它的毛皮一大块一大块地从身上掉下来，垂在肚皮底下。我真想拿剪刀替它们剪一剪，因为太不整齐了。拉骆驼的人也一样，他们身上那件反穿的大羊皮，也都脱下来了，搭在骆驼背的小峰上。麻袋空了，"乌金墨玉"都卖了，铃铛在轻松的步伐里响得更清脆。

夏天来了，再不见骆驼的影子，我又问妈：

"夏天它们到哪儿去？"

"谁？"

"骆驼呀！"

妈妈回答不上来了，她说：

"总是问，总是问，你这孩子！"

夏天过去，秋天过去，冬天又来了，骆驼队又来了，但是童年却一去不还。冬阳底下学骆驼咀嚼的傻事，我也不会再做了。

可是，我是多么想念童年住在北京城南的那些景色和人物啊！我对自己说，把它们写下来吧，让实际的童年过去，心灵的童年永存下来。就这样，我写了一本《城南旧事》。

我默默地想，慢慢地写。看见冬阳下的骆驼队走过来，听见缓慢悦耳的铃声，童年重临于我的心头。❉

月光如水水如天

● 张曼娟

刚开始的时候，都是欢天喜地地去参加婚礼。看着朋友披起白纱，走向地毯那一边等待的新郎。套上戒指的一刻，我听见发自心底的欢呼。做伴娘的那一次，眼看着戒指圈住好友纤长的手指，轰然有泪冲进眼眶。我的激动超过新娘。

岁月，不是会让人比较坚强的吗？近来，参加婚礼却必须控制欲哭的情绪。

为的全是不舍。

待嫁女儿与父母亲的难以割舍；嫁做人妇以后挥别的美丽青春……并且，我仿佛又少了一位可秉烛夜谈的姊妹。

每当新娘拜别父母，泪眼相对，泪珠婆娑中，我几乎可以看见千百年来的新嫁娘，以同样的姿势，在上轿之前跪拜：一叩首——鞠育之恩难报；再叩首——双亲善自保重；三叩首——奴从今日去，爹娘莫牵念。

看过一部日本影片，描写嫁女儿的心情。父亲在婚礼结束后到常去的小酒馆喝酒，善于察言观色的老板娘过来搭讪：

"先生今天穿得这么整齐。……看你的神情，好像刚参加了丧礼……"

令人心惊；却可以理解。

自小，每年分班都像大祸临头。不断结交好友，又不断失去。一直害怕分离。

小时候，和弟弟斗嘴，真气他的蛮不讲理，可是，他背起书包，小小的身子出了门，我的气也就消了。看着他曾坐过而今空着的座位，竟无来由地伤心。

大学毕业那次的谢师宴，我命令自己不许哭。却在结束道别的刹那，情绪像波涛一样澎湃泛漫，阻止不了自己的眼泪。心里清楚地知道，从此以后，便是花自飘零水自流的时候了。而我们曾那样珍重地交换彼此悲喜的情绪；曾那样温柔地抚慰因孤寂而颤抖的心灵。因为眼泪，使面前的景与人都模糊起来。急急忙忙想逃走，我听见一个男生充满怒气的指责。

当时，我确是非常困惑，以为自己的行为够不上失态或妨碍别人。他的愤怒来得突然，令人费解。渐渐地，又过了一些日子，当我孤独地走在校园里，终于变成举目无亲的时候，才慢慢明白，男生的怒气其实只是发泄和掩饰：只是要压抑住与我相同的情绪而已。"一种相思，两处闲愁"嘛，愁字弄不好，可就变成怒啦！

毕业以后，只参加过一次同学会，还体会不出什么沧桑、自怜，炫耀也不明显，兴奋与好奇倒升得相当高。在毕业旅行中，唱着唱着，像孩子一般恣意喧闹；如今却已为人父母或为人夫、为人妻了。眉间稚气尚未脱尽，而争着诉说的是孩子的预防针、夜哭和牙牙学语。七月的骄阳无法进屋，却把窗外映得特别明亮。我在角落里啜饮柳丁汁，以全身心去感受生命的成长与喜悦。

同学会散了，几个较亲的朋友又移阵再叙。除了阿来，都是女孩。当他准备吸烟，便受到防卫过当的抗议，而他一概微笑接受。有了相当的了解、信任与默契，嫌隙便没有存在的空间。

傍晚时分，我们送玉搭车回台南。如同送机一般，千嘱咐、万叮咛，场面十分盛大。眼看国光号起动了，便又排开人群，直奔车站外，向窗内的她挥手告别。没见过这等送别阵仗的，算是开了眼界："你们真疯狂。"而替我们冲锋陷阵的阿来，却在一旁嘻嘻笑：

"要不要拦车，到交流道去送呀？"

有相同的语汇，所以觉得情深。其实，只是舍不得分离。

古人送到十里长亭，到灞陵。如今，突然觉得人生处处布满驿站，一挥手，便成别离。

人说贾宝玉多情，喜聚不喜散；林黛玉深情，不喜相聚。黛玉的理由是聚时欢乐，散后尤其冷清，所以，不如不聚不散。要想不聚不散，正如人生一世无悲无喜，恐怕不够深刻。况且，谈何容易？所以，我依然愿意，迢迢地，去和朋友相聚，再孤独地走长长的路回家。

那曾经共坐的溪畔，也不再是不堪碰触的伤感。尤其在天凉的秋季里，天空特别澄净，很有"同来玩月人何在？风景依稀似去年"的情调。

不舍与伤别是始终不能改变的，却也有些是改变了的。随着青涩年少的远去，知道长相忆比长相聚更为可贵；学习不再虚掷光阴与情感。于是，在这许多月光如水水如天的夜里，空气中不时飘动着暗香，静体造物者的安排，处处都有深意，禁不住要微笑，并且感激。🐝

在森林里种首歌

● 张曼娟

如果你在路上遇见一个人，他一边走一边哼唱着一首歌，也许五音不全，或者根本不成曲调，然而，你听得出喜悦的气氛，像一颗颗跳动的光粒子，与你擦身而过。这时候你会怎么想呢？真是一个幸福的人啊。

几年前，一位相识多年的朋友开车载我在北海岸兜风。刚刚吃完一袋新鲜草莓，春天的阳光和暖风都很温柔，我们有整整一天的时光可以消磨。我在被草莓的香气裹覆的车中唱起歌来，因为记性不好，每首歌只唱几句就换下一首，却也能不间断，一副可以唱到天荒地老的样子。

朋友忽然转头望着我："从来没有见过像你这么爱唱歌的人。"

我觉得不好意思："我太吵了。"

"不是，不是，我喜欢听你唱歌，虽然你从没唱完过一首歌，可是你总是唱啊唱的，好快乐！"

"是因为和你在一起，很有安全感的缘故啊。"

我笑嘻嘻地回答，避开快乐不快乐的问题。

因为在那时候，我多半的时间其实并不快乐。因着好强性格的驱使，我命令自己不可以被打倒，一定要若无其事地过日子。每一天，我穿戴整齐去学校教书，试图将国文课上得生动有趣。字词的来源与考证也许很重要，而我更在意的是我们能从古文与古人那儿学到一些什么。也许是一种看待人生的态度，也许是一种超越苦难的方法。常常当我写完板书，要花费好大的力气才能转头面对那些满怀憧憬的面孔，那些纯真清亮的眼睛，并且，给予他们一个合宜的、肯定的微笑，让他们相信世间的美好。

我并不是那么快乐，我只是坚持，不肯让痛苦掠夺了我的快乐。

一九九七年八月，只身到香港教书。因为尚未开学，校内人烟稀少，几十个单位的面海宿舍只有我和一位高龄老教授居住。老教授善意地与我打招呼："你住哪间房？……哦，那间啊，白蚁特别多的……"我渐渐觉得脸颊上兴高采烈的笑意已转为肌肉的抽搐了。

我在寄给朋友的明信片上写着："住在这里就好像住在森林里，空气很新鲜，每天都在鸟鸣声中醒来。"

天黑之后，去一幢大楼前打电话回家报平安。我听着远方的家人一声声问："那里怎么样？安不安全？人多不多？"

"这里很多人的，学校嘛，当然很安全，不用担心。晚上都有人来巡守的。"

为什么我会知道有人来巡守呢？因为那已是我的第三个难以安眠的夜晚了。

第一夜，我在两房一厅的宿舍里整理行李，收音机里播放着音乐，忽然听见 DJ 喊叫一声，噼里啪啦，一阵火花，四周一片黑暗，寂静的黑。我怔怔地坐了片刻，这才意识到，跳闸了，冷气也没有了。同时，我听见简直不可能会响起的嘀嗒声。那是客厅里的挂钟的行走声，可是，白天我已经注意到它没电罢工了，此刻，它却走得龙马精神，嘀嗒嘀嗒，在卧室里也能听见。

我逃进书房，将房门紧闭。因为难以成眠，我不断起身到厨房里喝水，便看见窗外经过的巡守的保安人员。

　　有一天，我得了急症，腹痛如绞，转乘了一个多小时的车，去城里找一位旧识，那人曾交代我有事一定帮忙。我在那人的办公室附近打电话，对方好像很忙，两三句就急着收线，我没透露出求援的讯息，只是平静地说再见。蹒跚地走到店门口，我蹲下去等待另一阵剧痛的宰割。

　　回到学校的时候，已经好些了，只剩下深深的疲惫。小巴士载着我，在森林的入口处下车，然后，我必须独自一个人穿越黑森林回家。那晚的月色很好，将树影清楚地投射在地上，像一株株萍藻，夜风从海上吹来，有一种走在水中的凉意。忽然，听见歌声，在寂静的夜里，在我一向畏怯的森林中，我听见自己的歌声，保持着愉悦的腔调。

　　这令我觉得难以置信，却又有些明白了。

　　其实，生活中的琐碎、折腾和挫败，都是不可避免的，正因为这些困境来势汹汹，安然度过以后，便有了一种庆幸与感激。真正可贵的幸福，原来不是从快乐之中来，而是从忧愁之中来的。❀

在千纸鹤的花园

● 张曼娟

我从告别仪式里走出来，有一种古怪的感觉，这样就真的告别了吗？告别之后就不能再相见了吗？

"如果要上课，就不应该迟到。"这是老师对我说的第一句话。

那天突然想去上齐教授的艺术史课程，走进飘散着报岁兰与烟草香味的厅堂，大家都到了，一起转头看我，齐教授也停下来。在那突然沉静下来的瞬间，我有些后悔了：早知道就不该来上课的。

"那么，为什么迟到了？"这是老师对我说的第二句话。

为什么呢？因为堵车了；因为这里不大好找；因为时间记错了……我知道许多比较婉转的说法，可以令场面不尴尬，但我还是说了实话："我在中部山顶看日出……"我深吸一口气，反正已经说了，"赶回台北就迟了，老师，对不起。"

齐教授轻轻转了转头，他的嘴角仿佛有丝笑意："好吧，坐下吧，我们上课了。"

那一天，我们上的是庄子的《齐物论》。两个小时过去，我发觉自己一点也不需要后悔，我应该看日出，更不应该错过这堂课。

齐教授很受学生的爱戴，但让崇拜他的学生感到困惑的，则是他似有若无的绯闻传说。我们总是听说，某位学姐，某个研究生……我们又听说，师母和老师分居了，要闹离婚了……我看见的齐教授一贯平和从容，他侧着脸燃点烟斗的样子非常独特，像一个哲学家，而又饱含情感。

那一年我决定去香港任教，向原本任职的母校请假，受到许多阻碍。齐教授为我不平，他说他可以替我出面力争，不用害怕。我不想让任何人为难，很快地提出辞职，获准，齐教授很生气地责备我："你怕什么？应该争取的事，就不该退缩。"

可是，来不及了。我挺直背脊，只身带着一只箱子，去赴新职。在香港的冬天，我寄了圣诞卡给齐教授，他一向用毛笔小楷端正地回复。那一次，我从圣诞等到新年，又等到春天，惆怅地以为，老师真的对我失望了。

洋紫荆开满校园的温暖日色里，一位学长告诉我，齐教授罹患癌症，已经动了一次大手术，现在还在观察期中。我这才明白，自己等待的毛笔小楷是不会出现了。我送学长去坐火车，心里慌慌的，好像忽然忘了家在哪里，忽然认识到在异乡的深沉孤寂。

我结束香港教学工作回台北，齐教授已经和师母一起到美国的儿子家里去养病了。他的信中附着一张照片，拍的是师母倚在阳台上的背影，黄昏时分，橘红色的天际线，仿佛还能触感到日照的温暖。端正的小楷书写着：曼娟女弟……

一年之后，齐教授回来了，是坐着轮椅回来的。医院小小的会客室里，挤满了年轻人，都是老师在大学教过的学生，他们正专注地折叠着千纸鹤，五颜六色的小鹤鸟一串串地悬吊起来。老师的头发全白了，正阖眼睡着，许多药液顺着管子流进他的身体。

我拈起一张黄色的纸，按照一个年轻女生教的步骤，开始折纸鹤。"听说只要折满一千只纸鹤，许的愿望就能实现。"女生说。要许什么愿望呢？她说："不要有痛苦，让老师不再受苦。"

一只、两只、三只……折满一千只纸鹤的那天下午，医生宣布所有治疗都停止，只做疼痛管理，依照老师的意愿，可以回家了。那幢日式建筑现在已经很少见，地板因为许多脚步的踩踏，焕发蜜糖的光泽，古老的时钟仍摇荡着钟摆，嘀嗒嘀嗒。以前上课的时候，我和同学常常坐在地板上，听老师说起盛唐的石雕、两宋的书法。

老师坐在临窗的藤椅上，正好可以看见庭院里深深浅浅的绿意，我们为他铺上厚厚的被垫，围上毛毯，希望他能舒服点。老师注意到有一大袋千纸鹤："这些鸟，不是应该飞在天上的吗？"

我拿起一串给老师，他看着它们旋转，对我说："去！挂起来。挂……挂到院子里，让它们飞！"

于是，院子里每根树枝都挂上一串色彩缤纷的纸鹤，它们在风中转着，一时间就像一群展翅飞起的鹤鸟。阳光筛进院子，光亮照到哪里，哪里的鹤就活起来，忽然成了一座千纸鹤花园。

我们听见老师的呻吟，师母问他哪里不舒服？他费力地说："我很快乐！这么美，我很快乐。"

老师在那天晚上去世。

而我总记得他落寞过，愤世嫉俗过，绮情浪漫过，最后的最后，他对这人世发出的呼喊是，我很快乐，我很快乐。❖

青春，是冰做的风铃

● 张曼娟

青春，是冰做的风铃。

当夜深了以后，四周寂静下来，我听见一阵风吹过，撩拨起来的串串铃声，丁零零，丁零零，一种冰凉湿冷的脆响声音。不知道是谁家阳台上悬挂着的，宛如一个计时器。我的第一个风铃是生日礼物，附着一张小卡，上面写着这句话："青春是冰做的风铃。"那时我二十二岁，刚开始读硕士，并没有感觉到自己的青春。可能是因为大学时怕跟不上同学的进度，我一直都那么紧张着，把青春都修剪干净了。

把自己修剪干净的我，随即开始参加大学毕业之后的相亲活动。突然之间，许多阿姨、伯父都出现了，他们带着从国外回来的硕士、博士、事业有成的年轻人，来到我的面前。而我必须一遍又一遍地重复着："我的兴趣啊，看看电影啦，去郊外走一走啦。"于是，我和不同的男生去看电影，去郊外走来走去，但，心里没有一点期待或者雀跃，只有着隐隐的焦虑。那时候我是个急着走进婚姻的女孩，因为我以为那是人生必经的道路。直到终于可以投入研究所的课程，我才有松了一口气的感觉。我一点也没有看见自己的青春，不知道青春其实是无法修剪拔除的。

读博士二年级时，我很尊敬的金老师，为我在文化大学文艺创作组开了小说习作这门课。那时我已经出版了两本畅销书，开始在校园里演讲，但我仍感到惶恐。对于教书这件事，长久的梦想，竟然真能实现！金老师为我打气，教我安心，就在我鼓起勇气接受之后，老师语重心长地说："只是你太年轻，许多教授都担心你太年轻了，我想，你在穿着打扮上可以稍微……成熟一点。"年轻？

我已经二十六岁了还年轻？站在镜子前，我看着自己垂直如瀑的长发，镶荷叶边的白色衬衫，棉质碎花裙，原来我是年轻的。为了将青春修剪得更干净，我到服装店里买了好几件从来不曾穿过的颜色与款式的衣服，一律是宽肩窄臀，黑色压金丝的、普蓝偏藏青的、墨绿色浮着印花的。为了加强成熟的效果，干脆将长发烫成麻花卷，或者全部盘成髻。一不做，二不休，我又买了许多当下流行的大耳环，十年后的自己忽然走到镜子里，与我面对面。

站在讲台上的我，纵使努力让学生知道我是他们的教师而不是学姐，学生眼中却仍疑惑重重。比较熟悉以后，有学生质疑我的用心："为什么你要装得那么老啊？"我有口难言，一切都是因为青春啊。即将迈进三十岁时，我特别喜欢在文章里提到"我已经老了，我只想活得好而不是活得美了"这样的话。在课堂上说故事给学生听的时候，我也总是这么开始的："当我年轻的时候……"学生们笑起来，觉得这个教师挺夸张的，年轻的时候也不过就是前几年的事，干吗说得像前朝旧事似的。有一回我的另一位老师含笑对我说，她和她的朋友都在读我的文章。她们有一个共同的想法，明明是这样年轻的人，为什么总要说自己老啊老啊。我已经三十岁了还年轻？"是啊，比起四十岁，比起我们这样的年纪，你当然是很年轻的啊。看见你口口声声说老，我们都不知道该怎么办了。"从那以后，我不再轻易言老，我对自己说，我从来没有放心地青春过，这应该是时候了。

于是，我从三十岁开始青春。

我修完学位，腾出大段大段时间发呆；我去旅行，长时间流浪在异国，而不只是去郊外走一走；我参加舞台剧的演出，在众人瞩目的台上又哭又笑，而不只是看看电影。我剪短头发，换上牛仔裤或是短裙，穿着平底鞋或者长靴，我和一群很青春的朋友，到大草原去等待月亮升起，守候破晓天明。我们一起到绿岛泡温泉，看他们像鱼一样裸泳。当太阳跃出海平面的时候，他们也如海豚般一跃而起……这才是我的青春。

在那些缀满星星的夜空下，弥漫着晨雾的乡间，永远也不会有天明的KTV包厢里，我都曾经听见冰做的风铃透亮悦耳的声响，几乎忘记了它同时也在风中迅速消融。

渐渐地，当我对学生说起年轻时候的事，他们不再笑，反而显露出聆听前朝旧事的兴味。

有一天，我们在课堂上读朱自清的《背影》，许多学生是因为读大学才离乡背井的，特别有感触，所以那次的发言大家相当踊跃。学生们热烈地说起对父母亲的思念与愧疚：有个女孩子说母亲结婚早，从来没过上一天好日子，家里小孩又多，她每次回家看见母亲操持家务，很心疼母亲的年老与辛劳，只希望将来能报答母亲。我微笑着，随意问起，年老的母亲多大年纪啦？女孩想了想，差不多四十岁了吧。我的笑意忽然僵在唇边，她母亲原来是同我差不多的年纪。然而，对这个十八岁的女孩来说，四十岁是够老的了。

这两年开始，我在教授休息室里，会看见一些年轻的讲师，也投入语文课的教学工作，有些甚至是上过我的课的。冬天的休息室里，我敲过门之后走进去，两个年轻人正在聊天，其中一个男孩子是博士班的学生，我们原本就认识的，另一个女孩，脸上有着不能修剪的青春的光芒，那光芒是难以逼视的。男孩告诉我，女孩也在教语文，是新进的老师。我站立着，错愕地，迟迟不能对她颔首。不是的，她不是应该坐在教室里的年龄吗？光洁的面容上，纯粹晶亮的眼眸，她此刻坐在休息室阳光充足的座位上，那正是多年前我最喜欢的座位。不畏怯太阳的照射，以一种好奇的眼光注视着走进来的每位老师，想象着自己将来的模样，想象着每一天会发生什么有趣的事。我几乎是惊惶地走进了洗手间，双手扶着脸盆边缘，我想，我被青春吓了一跳。

　　我在已经模糊了的陈旧的镜子里，看着自己，所幸镜子仍是慈悲的。当我为自己的唇抹上了饱满的豆红色，转身开门的时候，依稀又听见那阵脆亮的声响，丁零零。🐝

爱情密码

● 林燕妮

顾其均和李涵是亲如兄弟的朋友。他们的死结是同时深深地爱上了芳华。

芳华分不清自己爱其均多一点还是爱李涵多一点。其均稳重能干，相貌堂堂。李涵谈吐幽默，英俊潇洒。

谁都不想放弃。其均和李涵自小到大无所不谈，如今却相对无言。

李涵喝了半瓶威上忌，其实醉意只有三分。他对其均说："我退出吧。不过我以后再也不见你们，我不能忍受你们手牵手的样子。"

其均说："没有退出不退出的，芳华是浪漫的女孩子，谁悄然引退她便会觉得谁好些，我太了解她了。"

这两个二十几岁的青年是一块儿住的，都是在社会初起步的人。其均在律师楼工作，李涵是很有天分的平面设计师。

芳华面对其均和李涵的难题，她解决不了。她两个都得到了，但最终只能选择一个。

李涵对她说："我不能没有你。"

其均说："我会照顾你一辈子。"

就在李涵独酌、其均对着老友闷坐的时候，心乱如麻的芳华来了。芳华眼皮微微红肿，但那双水盼波流的眼睛更显得情意款款，两个男孩子的心都在酸酸地跳动着。

"我们怎么办？"芳华抽咽着，"要我放下你们其中一个，是绝对没可能的。不如我离开吧，你们，你们忘掉我，你们继续做好朋友。"

说完芳华掩面大哭，此刻她不能倒在其均怀里，也不能倒在李涵怀里。李涵又喝了一些威士忌，脚步浮浮地站起来："一切都是天意。再拖，也有分开的一天，倒不如让上天决定。"

"李涵，你醉了。"顾其均说。

李涵竖起了食指："醉与不醉，都是天意。"

芳华和其均一齐望着他，不晓得他打算干什么。

"等一会儿。"李涵走进房间，拿了一张五颜六色的方格纸和一把剪刀出来。

"其均，去厨房拿个水果盆，拿瓶白醋出来。"

其均照做了。

"芳华，我们不是比吃醋。"李涵一边笑，一边把那张每格一寸见方，从浅黄到深黄，从米白到棕色，从浅灰到深灰，从粉绿到深绿，共十六格，每格不同颜色的纸拿着，一格一格地剪开。

"这张颜色纸很有趣，一放进醋里，因为酸碱反应，只变回两种颜色，红和蓝。"李涵说。

"你搞什么鬼？"芳华问。

"我和其均每人选一种颜色，红或者蓝，格子浸在醋里，谁的颜色多，便当上天看出谁最适合芳华。"李涵把格子剪完了。

"那么颜色少的那个便退出？"

"天意嘛。其均，你先选。"李涵说，"不然你会以为我做了手脚。"

"红色。"其均选了芳华衣服的颜色。

"那么我要蓝色。"李涵把十六格色彩缤纷的纸撒进盛了醋的盆里。其均的心怦怦地跳。芳华掩着眼睛不敢看，但又忍不住在指缝里偷看。每个格子都渐渐变色，第一个格子变蓝了，其均心里怦怦直跳，然后，所有格子都变蓝了，李涵胜了！

其均脸都白了，李涵却一脸忧伤。

"怎么都变了蓝色？你说有些会变红，有些会变蓝的。"其均指控李涵。

"这只是一半。"李涵再拿了一瓶透明液体出来，"芳华也应有份儿参加吧。芳华，你把这瓶倒下去，倒多少由你，看天意如何。"芳华颤抖着双手，把透明液体一股脑儿全倒进去。

三人定睛看着格子颜色的变化：淡红、粉红、鲜红，再变，变成全红了，只余下四格蓝色的坚持不变。

"上天选了你。"李涵凄然一笑，对其均说，"你以为我会骗你吗？"李涵把余下的威士忌一饮而尽，东歪西倒地出去了，再也没有回来。那是好多年前的事了，其均和芳华已经做了五十多年的夫妻，李涵一直没出现过，没有人知道他去了哪儿。

顾其均已经成为名显一时的大律师，芳华也成了上流社会的雍容太太。

然而，万般赞美，也比不上她每年生日所等待的，那是她五十多年来藏在心底的秘密——每年生日，她都会收到一束花，花束上夹着的信封，每次都装着一个蓝色的格子，是李涵那天晚上剪的格子，代表着他对她的爱的格子。

她不能同时得到其均和李涵，但李涵似乎永远没离开过她。她不能告诉丈夫，到底，其均对她无微不至，甚至是溺爱她的。

时光流逝，蓝色格子几十年来一直在她生日那天随花束而来。遗憾的是她无法从花店打听得到送花人到底身在何方。

其均的身体日渐衰迈，他感到油尽灯枯的日子快到了，他快八十岁了。"芳华，"其均深情地握着爱妻的手说，"明年生日，也许你收不到夹着蓝色格子的花了。"

芳华心里猛然震了一下，原来这五十年来，丈夫是知道李涵给她送花的。

"其均，想不到你忍了五十年。"

"芳华，那些花，那些蓝色格子，不是李涵送的，是我送的。"

芳华五十年来的梦破了。

"芳华，我不想戳破你的梦，我想让你得到一切，所以我扮李涵送花。何况，我爱你，也欠他。"其均叹了口气。

"你说什么？"芳华大惑不解。

"他演了场很难演的戏，第一瓶其实不是醋，是碱性液体，他叫你倒的第二瓶才是酸性液体，所以大部分变成了红色。"

"他说是天意。"

"天意，不比他对你的爱重，也不比他对我的友谊深。他让我先选颜色，他准备了碱和酸两瓶透明液体，无论我选什么颜色，他都会让我赢的。"

"那晚他醉了。"芳华说。

"他没有醉，装醉而已。那晚他走后，我在后窗一瞥，看见他很清醒地倚在街角灯柱，燃了根香烟，大步地走过马路，并不东歪西倒，我才想起化验一下那两瓶子余下的点滴是什么东西。"其均说，"他真是我的朋友。为了我，他不知漂泊到何方？"

芳华抽泣着："你也真是他的朋友，真正爱我的人，为了他，为了我，这五十年来，你的苦心……"

"芳华，我本来想，假如你先我而去，那么你便会去得没有遗憾。可惜，我的身体已挨不得多久，明年，谁送夹有蓝色格子的花束给你呢？你不能连我连他都一齐没有了。"

"其均，我再也没有遗憾，世上没有比你更小心呵护我的人，我最后的选择，还是你。"

其均在爱妻怀中安详地逝去，留给她一生无微不至的爱。

有这样的爱情故事。❀

《读者》名人堂 港台风

送君千行字

● 林燕妮

误解

并非心理变态，但常觉得被人误解是件很好玩的事。既然别人错看我的性格，便由得他错好了，就算世上有十个八个不同的林燕妮好了，要别人了解真正的我来干什么？

解释都是多余。

所以，我不会为别人的误解和误骂而大动肝火，或者气愤难平。也许这是习惯使然，自少至大给人误解过无数次，而误解当然没有什么是好的，不过我觉得都不用觉得委屈，误解我的人自然是不打算喜欢我的人，假如他们坚持用错的角度去分析我的为人——例如我帮助别人反被当作工于心计之类——那么我解释也是没有用的。既然对方决心不喜欢我，那么了解了我也一样不会喜欢我，与其如此，不如误解，误解得越多越好，最怕是不喜欢我的人了解我。

有些朋友天天为大事小事而向不相干的人解释，忙得不可开交，我常说：

"解释什么呢？不了解便不了解算了，我们不欠所有人一个解释。"

我的人生哲学只有四个字：

"化繁为简。"

比方说，不用了解我，疼我便行了。

即使是亲近的人也一样：

不用了解我，爱我便行了。

只要我顺子之眼、悦子之耳、解子之意，那便欢欣融洽，了解不了解我都无所谓。

别人不了解我，我一点也不痛苦，就是不明白为什么这么多人紧张别人不了解他。人与人间的波度不合拍便什么都不顺眼不悦耳不解意，那是常有的事，别人不欠你一个了解，正如你不欠别人一个解释一样。

这又不是说，凡误解自己的人都不可以成为朋友，误解了好几年，然后忽然觉得你这人其实不错的情形也常有，这么一来，自然既往不咎，没理由再找从前的误会来生气，又或者誓言做不共戴天的仇人。人是很有趣的动物，其喜怒好恶，不妨以动物态度学的角度研究之。

无恨的付予

爱情，是无可解释的。

为什么昔日爱过的人如同陌路，过去居然像是别人的故事？我不深究，我只知道我曾无悔地爱过。

他说，我们没有理由会分开。我说没有人能说这句话，永远相守不是爱的报酬，爱是不需要报酬的，在爱的当儿，大家已充实了大家的生命，条件是不需要说的，未来也是不需要订合同的。

在我的一生中，自然爱过很多人，我不在乎我对不起人，或者别人对不起我，在这方面，我是不计较的，正如我常说的，多谢上天给过我们一段美好的时光。

对方恨我，并不等于我也需要恨他。我从未恨过我爱过的人，即使到头来是他令我伤心，我也不会恨他，付予是我自愿的，付出与得虽不平衡，那也无伤大雅，重要的是我曾爱过。今日的他不必细究，只要在过去的日子里，他曾令我刻骨铭心，那我就很感谢他了。

我没有占有欲，今天他属于我，明天他属于别人我毫不介怀。我没有权利祝福别人快乐，不过，我希望他们都快乐。旧时人记不记得我不要紧，我倒是个个记住的，那才是爱的真谛，爱不是交易，我不在乎结果。我也不怕波动的生活，反正我幻想自己是一阵风，风是没有居所的。没有安全感便没有安全感了，安全感是我不要求的事，人都是生命的过客，谁需要永远属于谁呢？于我而言爱是无恨的付予。

天堂

人家说：

好人上天堂，

坏人下地狱。

在我未上天堂又未下地狱之前，我想弄清楚一点：

到底什么叫作好人？什么叫作坏人？如我自己，我便不知道我好到什么程度，或者坏到什么程度。在尘世上，自然有人说我好，也有人说我不好，上帝果真能够这么容易把人分成两大类？好坏的界限岂不是很危险？少了一分的在地狱，多了一分的在天堂，那么说来，在天堂里，分数最低的人只差一分便坏到应该下地狱，在地狱里，分数最高的人只差一分便好到应该上天堂？

优生

有时想，甲和乙夫妇俩都那么聪明，生的孩子一定了不起。但是甲和乙偏决定不要孩子。

理由是，做人很烦恼，聪明的人不等于是没有烦恼的人，他们到底是在制造个优生的人，还是在制造烦恼，令一个本来不存在的生命烦恼呢？那是好事还是坏事呢？

何况，人的智慧高低不过是人比人罢了，优生学毋须推广，假如世上全是优生的人，高低的比较便等于和从前一样——有高有低，目前 IQ 一百是正常，之后二百才是正常，大局仍是一样。

太空人

很怕做太空人。

坐过飞机吗？有东西吃，可以躺下，可以上洗手间，但已经十分不自在，在机内一困许多个小时，有什么乐趣可言？

做太空人更辛苦，没有正常的东西吃，不能躺下，不能上洗手间，纯粹是为科学而工作，回到地面时所呈现的光荣，和太空船舱内的枯燥刚好是两个极端。

自杀

自杀的人永远被人同情。

结果，连为了最无稽的理由而自杀的人都变成可怜可悯，万事既往不咎。

由此可见，活着的人其实是负担最重的，只要一天没有死，一切都可被追咎，包括莫须有罪名在内。✿

泪珠与珍珠

我 们

● 喻丽清

夫妻是一种荒谬的组合。

我跟他在一起，不可讨论政治。他嫌我感情用事，永远站在弱者那一边，无论有理无理。

我跟他在一起，不可讨论儿女。没有儿子，他自己也是学科学的，当然知道决定生男生女的基因不在我而在于他，无可抱怨。女儿嘛！说不得的。说轻了，我生气；说重了，女儿的眼泪一滚下来，他都别想睡了。

我跟他在一起，最好也不要谈情说爱。人家老夫少妻，他说人家是"骗来的婚姻"。若是老妻少夫，他摇头，他看我脸色有欲辩的迹象，不说我也明白。

我们也是最好不要一起去买菜，他不耐烦挑三拣四。每次他过来帮忙，无非是为他自己的父母买这买那。有时我心里不服：你有父母，我没有吗？当着我的面孝顺，故意叫我这个失母的人难堪吗？他叹气：女人真是要命，只能背地里做人。

当然，更不能一起买衣服。为了一件衬衣去配条裙子，为了一条裙子去配双鞋，为了鞋配个皮包……他觉得不可思议。"不是自找麻烦吗？"他说。

　　我常跟女儿开玩笑，嫁人嘛，一不可嫁排行老大之人，当老大的，多半在家霸道惯了，好为人师，什么事他都忍不住要来代劳。为了避免不必要的争吵，你只好什么事都让他去做主，久之自觉像个呆子。二不可嫁给血型是 O 的人，因为这种人固执起来，据说九头牛都扳不转他的，你只好气得吐血。

　　有一次，女儿反问："你不是看起来很幸福吗？"我说："我是特例，生来是个书呆，再呆也呆不到哪儿去；而且跟 O 型人耳濡目染久了，也很'固执到家'的。"

　　今年，我跟他结婚二十周年。

　　我愈来愈觉得，我是那种最应当去教堂里感谢天主的人，因为天主给我的，正是我所要的。✻

蓝蝴蝶

● 姬小苔

他不喜欢蝴蝶，因为他不喜欢毛虫。

蝴蝶是毛虫变的。

她喜欢蝴蝶。她是植物病虫害系毕业的，毕业论文写的就是她下苦功研究了多年的蝴蝶。

他们认识是在学校里。她穿着一件圆领 T 恤，站在树底下，迎着太阳光，小小的、黑黑的、泥土气息很重的一张脸。

他正在图书馆外的林荫大道上和同学打羽毛球，球飞了，才发现她站在那里一动也不动。

"你在做什么？"他好奇地问。

她立即把食指竖在唇间："嘘！你会吓着它。"

他看到那只在高枝上爬着的小东西，被它恶心的样子吓了一跳。他没再理会那只虫，拣了球就走开。后来才有人为他们介绍，因为他们是同乡。

他很早就离开那个滨海小镇，到外地去求学，对家乡可说是完全没有印象，她却什么都知道，什么人都认识。

她在学校里也是无所不知。是系里功课最棒，人缘最好，也是最丑的女生。

大家都喊她蝴蝶。起初只是在后头这么称呼她，后来当面喊，她也笑眯眯地答应。

她是真的喜欢蝴蝶，并不觉得是讽刺。

她经常待在树林里头，一站就是好几个钟头，只为了寻找毛虫，然后小心翼翼地用火柴棒子拨下来。

那么软那么粘的小虫，绿的、黑的，有些背上还有奇奇怪怪的斑点。

她给他看过她的大玻璃箱，毛虫结蛹化成蝴蝶后，就在里边飞舞、交配、产卵和死亡。

他看过那么赤裸裸的生命过程，不论是开始或结束，都不觉得有什么好玩。

可是她是个有趣的人。

他愈来愈喜欢她的脸，丑得有趣的脸。

只是喜欢。

他也常逗她："蝴蝶是益鸟还是害鸟？"

她总是一本正经地回答："蝴蝶不是鸟。"

她还试图纠正他的谬误，台湾产的蝴蝶，尚未发现浑身长毛的幼虫，所谓的毛毛虫，与蝴蝶无关。需要经验，他自认没有这方面的学问。要辨识毛毛虫和未来的蝴蝶。

她毕业后，到博物馆去工作，渐渐的，容颜上开始有了改变。

首先，她白了。

一个礼拜有六天待在空气调节的办公室中工作，怎能不白？

他笑她还真是一只蝴蝶，有保护色，会拟态。

白了之后，她的优点慢慢显现，他发现她有双灵活的大眼睛。雪白的牙齿。

她还是保持学生时代的习惯，不讲究穿着也不打扮。因为她忙，礼拜六也常得加班，替来博物馆参观的孩子们讲解博物课，忙得连蝴蝶都没空理会了，却也没听见她抱怨。

他当兵时偶尔回台北，朋友都星散了，但她一定会在博物馆，他到了车站就打电话给她，约她出来吃顿饭，见着她就让他心里好一阵踏实，觉得台北还有人等他，他并未被这个大城市一脚踢出去。

有时候他也去她的办公室，看她以极利落的手法做鸟类标本，她不是学这个的，但几片羽毛到了她手里就使得原本已支离破碎的鸟儿再活过来。

他有许多话不便对别人讲的，便向她倾诉，她笑眯眯地听，一点也不插嘴，他说累了，就喝她煮的咖啡，总是一杯喝完了又一杯。

他以后再也没有喝过那么过瘾的咖啡。

服完了兵役，他找到了工作，开始跟女孩子约会，渐渐没空去找她。一年后，他结婚了。

他发了喜帖给她，是新娘亲手用毛笔写的。他的新娘子多才多艺，最重要的是漂亮，他是个出了名的美男子，当然是美女为伴。

她没有来喝喜酒。替她带礼金的同事说：她半个月前请调到台东的分馆去了，人才下乡，分馆对她十分器重。

他也为她明智的选择而高兴。

有个礼拜六下午，他在家里看书，看着看着就睡着了。

他梦见她来了，站在他的桌前，穿着白色粗卡其的连身工作服，肩膀上别了个栩栩如生的蓝蝴蝶大别针，看起来神采奕奕，竟也有几分动人。

他开玩笑地质问她，为什么去台东不告诉他一声，害他到处找她。

她笑眯眯地望着他，只说了一句话："我该走了。"脸上的表情一如平常。

转身时，蝴蝶自她肩上翩然飞起。

他后来才知道，她是来告别的。

她在那天下午去世。为了捕捉一只蝴蝶，不小心从断崖上掉了下去。背她上来的山胞说，她的四周都是蝴蝶，人去了，赶也赶不散。

不过这也没什么好奇怪的，她跌下去的深谷遍生着一种叫作"山女怨"的花，是蝴蝶最爱栖息的植物。

告别式时，他没有去。

他们告别过了。

他很哀伤。她才二十五岁，竟然没爱过，也没被爱过。但他也为她庆幸，在此滚滚红尘中，一个人清清白白地来，又清清白白地去，虽然没有收获，但也没有负欠，多么不容易。

一年后，博物馆举行蝴蝶展，展出内容包括台湾所有的蝴蝶，登的新闻照是只两边不一样大小的阴阳蝶，非常有噱头。

他为了纪念她，特地去看展览。二楼的玻璃橱中有一只耀眼的蓝色大蝴蝶。

标本旁有张图片说明，简单地记叙她在断崖殉职的经过，还附了张照片。

照片中的她是笑着的。

他第一次发现她的美。她大学时期是一种蛹的状态，他竟一直都没看出来。

那蝴蝶也非常之美，蓝色的翅翼上有着彩虹般的密鳞片，随着光线的变化而闪动着不同的色泽。

这是他头一回这么近地看蝴蝶。

小小的解说上记着，一只毛虫变成蝴蝶是多么不容易。❋

朋友即将远行

● 杏林子

　　暮春时节，我邀请了几位朋友在家小聚。虽然都是极熟的朋友，却是终年难得一见，偶尔电话中相叙，无非是几句寻常话语。一锅小米稀饭，一碟大头菜，一盘自家制的咸菜，一只巷口买回的烤鸭。简简单单，不像请客，倒像家人团聚。

　　其实，友情也好，爱情也好，久而久之多会转化为亲情。

　　说来也奇怪，和新朋友只谈文学、谈哲学、谈人生哲理等等，和老朋友却只话家常，细细碎碎，种种琐事。很多时候，心灵的契合已经不需要太多的言语来表达。

　　朋友做了个新发型，不敢回家见母亲，怕惊骇了老人家，却欢喜地来见我们。老朋友颇能以一种趣味性的眼光来欣赏这个改变。

　　年少的时候，我们差不多都在为别人而活，为苦口婆心的父母而活，为循循善诱的师长而活，为许多观念、许多传统的约束而活。

　　年岁增长，渐渐挣脱外在的限制与束缚，开始懂得以自己的方式做一些自己喜欢的事，不在乎别人的批评意见，不在乎别人的诋毁和流言，只在乎那一份随心所欲的舒坦自然，偶尔，也放纵一下，并且有种恶作剧的窃喜。

　　我越来越觉得，人生一世，无非是尽心。对自己尽心，对自己所爱的人尽心，对生活的这块土地尽心。尽心了，便无所谓得失，无所谓成败荣辱，很多事情便舍得下，放得开，包括是非恩怨、金钱与感情纠葛。懂得舍，懂得放，自然春风和煦，月明风清。

就让生命顺其自然，水到渠成吧。犹如窗前乌柏，荣枯之间，自有一份圆润丰满的喜悦。雨轻轻落着，没有诗，没有酒，有的是一份相知相属的自在自得。

夜色在笑语中渐渐沉落，朋友起身告辞，没有挽留，没有送别，甚至也没有问归期。

知道了聚散原来是这样的自然和顺理成章。懂得这点，便懂得珍惜这一次相聚的温馨，离别便也欢喜。❀

生 活

● 宋晶宜

长大

我第一次觉得儿子长大了，是一个冬天的早晨。

像每天早晨一样，我送孩子到门口，看着他们穿好球鞋，背好书包，下楼去搭交通车。

那天，特别的冷，一阵阵冷风袭进阳台，儿子俯身穿鞋，忽然仰起头对我说："你快点进去，好冷。"

看我不在意，他又说了一遍："好冷，你会凉的，妈。快进去，我们自己会关门。"

看着他圆圆的脑袋，小小的身子，和弟弟相偕下楼，我不禁觉得幸福温暖了我的心。

雨

那天，我们要去郊外野餐，带了一车食物和水果。

在上山的路途中，天忽然落起雨来，放眼望去，一片迷蒙，我焦急地等待着雨过天晴。

孩子们看见车前飞扑而来的白，忍不住又问：是云？还是雾？

我那天性乐观的另一半，竟在这时吹起口哨来，一首接一首吹着和雨有关的歌曲，并告诉孩子，信赖他的驾驶技术，一起在云雾之间探险吧！

雨，一直没有停。而那父子三人，竟像完全忘了野餐这回事似的，在山间小店喝着热腾腾的地瓜汤，乐不可支。

而我，却仍苦苦地期待雨停。就在那一刻，我忽然发现自己的无药可救。

大树和蒲公英

无意中翻落一张旧照，于是跌进似远似近的记忆。还记得十多年前，到旧金山加州大学柏克利分校参观。

黄昏时落过小雨，也许是入夜微寒的缘故，四周升起了薄雾，坐在高大的钟塔前，看着路灯光圈下的雾气在阔叶树梢飘浮。几个年轻的学子走过，他们说的竟是中国话。

看着那美丽的校园，那飞散的雾气，还有那些年轻的背景，我忽然有一种奇异的感觉，究竟身在美国？伦敦？还是台北？

那次参观访问，我接触到很多留学生，他们同样是离乡背井，漂洋过海，却有着不同的心态。有些人把自己当成一粒大树的种子，在那儿得到了知识的肥料之后，成为一株新芽，然后回到自己的国家深植，去开花，去结果。有的人却只是蒲公英的种子，他们随着异国的风飘动，幸运者落地生根，不幸者迷失流浪。

那时我就决定要做一个会发芽的种子，无论是大树或小树，因为蒲公英的种子永远要流浪。

流浪，绝不是一件浪漫的事情。

露天咖啡座

朋友闲聊，互问喜欢过怎样的悠闲生活。

我说，我想在露天咖啡座上享受阳光，观看人间。

露天咖啡座给我许多遐想的空间，至少不用去找一扇门，不用去找一片窗。

日复一日，我们总是在寻找入口，搜索出路，什么时候才能让整颗心完全地释放，好好看一看真正的世界？

分享

雨夜里，门铃响起，友人送来一袋艳紫圆润的葡萄。

抖落肩头的雨珠，友人忙不迭地告诉我们，他才从农场归来，买了一些现摘的葡萄，特别顺道送一半给我们。

烹茶留客，一留就留到午夜时分，这单身汉走时说："你们家可真温暖。"

先生用同样的语调说："你送的葡萄真好吃。"

我真喜欢这种感觉，分享，让生活更甜美。🐝

爱情物语

● 周芬伶

想我的时候请唤我的名字

在爱中我是多么强悍啊！我的血液一定还有野蛮的成分，我想去抓，去抢，想狂叫，想游走。

然而，我又万分温柔，想轻轻地哭，轻轻地唱，不让任何人听见。但是，我们只能斯文地谈话，静静地微笑，交换一封信，或打一个电话，像世间的一切好男好女，相见欢喜，相待有礼。啊！你永远不会知道，我是多么寂寞。

"痛苦是爱的深度。"你说。"因此，我原谅你。"我说。

"要不然是爱，要不然是不爱，绝无中间。"你说。"我已无从分辨。"我说。

"身在情常在。"你说。"不！是情在身常在。"我说。

"所有的伟大的情人都在地下。"你说。"一切的爱亦是一切的虚空。"我说。

风起的时候，手插着口袋散个步吧；举杯的时候，留下封面的位置给我；如你抽烟，就留下灰烬给我吧！有雾的夜晚，不应该吵嘴，应该倾听；读到美好的句子，请为我念一遍；调一段哀戚粗犷的音乐，流几行真挚的泪水，做一个酣畅的好梦，想我的时候，请唤我名。

记情

在许多年前的一个深夜，我曾穿着睡袍捧一束野姜花，在无人的街道上游走，明明知道你不会来，我仍不断等待，踮着脚尖走路，哼着支离破碎的歌，对着影子发笑，这样的傻，这样的痴，而你真的一直没有出现过。

迷情

这是什么样的心灵波动？一会儿心悸，一会儿心死；我期盼重新变得美丽，不被你照得太萧瑟；我期盼更加勇敢，足够抗拒你的魅惑；我期盼更加超卓，能够与你把酒论交；我期盼能够掳人，也能被掳，那用星星的温柔光辉包围的脸孔，我要逃避你，逃人黑夜的阴影里，再不渴望阳光。

悟情

因为你没有爱上我，我遂爱上别人。像别人一样小心翼翼地维护感情，修补创伤，不轻易发怒，长久地忍耐，而我仍然失败了。在失败中我才醒悟，情海是苦海，没有人敢与你同溺，也没有人能救你。因此，感谢你没有爱上我。

忘情

一直相信，失去你，我宁可死去。事实上，自你远去，你的影像越来越难记忆，你的书信早已焚化成灰。只有每年到了分手的季节，我会有长长的忧郁，仿佛在一夕之间老去，怕见人，怕照镜，怕黄昏，怕落花——而那也不过是短短的一季，我只在那一季老去。

无情

闻情不喜，别离不伤，受宠不惊，泪已干，心如灰，淡然回首，才知道我是最最无情的人。

流浪的心

在异地的街道上，我们意外地相遇，彼此以热情的臂弯拥抱，我们的笑脸在黑夜中发亮，然后仓促地道别。当你消失在人群中，我方想起，原来我们是如此互相喜欢，却没有机会表达。如果不是这场异地的风雪，我们永远是羞怯地相望。

旅人之歌

我们的身心劳顿，灵魂却不疲倦，纵使我沉默不语，我的心仍在歌唱。你可以靠近我取得一些温暖，但我随时会离你而去，生命太美丽，它催促我前去。不管梦里会有几张重叠的脸，不管心上刻着几个名字，我不会因离别的感伤，总在歌声中暗藏眼泪。我唱着寂寞的歌离去，说"人生原本如是"。

顾盼

我的心不曾因为远离你而得到自由，一步一回首，你的影子一如明月相随。我们都因为不善分离而憔悴了。你说："什么都不用带给我。"于是，我知道该带给你什么了。

海 誓

● 周芬伶

海能测量爱情的深度？

海能考验爱情的弹性？

要不然，世世代代多少男女对海盟誓。

说也说不完的爱情故事……

这里的海边我常来，每次来皆恍如初度。同样是赤着脚走沙滩，追逐海浪，检拾贝壳，让海风吹乱头发。在大海的面前，我常忘了年龄、时空——如果这世界上真有永恒，大海很接近，而人类很遥远，这样的憬悟，每次来亦每次相同，犹如那突来的惊涛骇浪，一次又一次地提醒你。

这里是南台湾的最尾端。听说这里的海岸五十万年前是在海底，它是海的裸露，海的底层，海的最底层原来也是陆地啊！海与地的争斗留下狰狞残暴的遗迹，你看那迎空崩袭的断崖，还有孤立傲岸的山峰，像芭蕾舞衣裙褶的珊瑚礁崦，以及突兀的石灰岩台地，这是大海与陆地互相争夺、互相冲突的戏剧性舞台，它给人的感觉是悲壮而不是和平，是激荡而不是宁静。只有那在海岸边草原上交织的蜻蜓，像局外人似的，会心地旁观这在天地间上演的悲剧，它们像一群万年幽灵，诉说着飘忽无常的命运。

在这样的海边，我要告诉你一个有关爱情的故事，或许不算是爱情，而是大海与土地的故事。

她在台湾的海岸边长大，没有经历过战乱，刚好碰上台湾的经济奇迹，她的成长跟着经济一起起飞，恰好在二十世纪六十年代与九十年代之间。她长得越来越健美，台湾的生活也越来越好，优裕的环境使她能接受完整的教育，满脑子自由思想个人主义，然而她又爱好文学艺术，向往唐诗宋词里的中国。大学毕业后，她有一份不错的工作，收入颇丰，像台湾许多单身贵族一样，出入汽车，穿着名牌，经常出国旅游，并拥有自己的房子，还懂得投资理财，手里有一些股票基金，并计划再出国进修，因为进修也是一项投资呀！在资本主义社会下长大的女孩，对于生活计划、不断累积个人的资源，一直是有明确概念的。

在一次大陆旅游中，她结识了一个北方男子，那是一个下雪的黄昏，北国的天空灰蒙蒙的，细雪染白了头发，男人、女人、老人、小孩一下子都变老了，天地变小了，小得像只蚕茧。来自亚热带的她，被这凄美的雪景深深迷惑，然后，他在雪后出现，发上犹带雪丝，穿着飞行皮夹克，长得健硕、豪迈，脸上的笑容既爽朗又羞涩，好像活生生从老舍、巴金的小说里走出来的北方汉子。她更迷惑了，不知道爱上的是雪景是诗词是中国还是男子。总之，她觉得自己封锁多年的心沦陷了。而他也为她着迷，她外表像是二十世纪二三十年代的大家闺秀，温婉端庄，而内心却独立自信，好像什么事都在她的掌握之中，这跟他所认识的女孩不一样，完全不一样！

像一切恋情的开始，既甜蜜又激烈。他们之间的相异之处也正是吸引之处，他喝茶叶，她喝咖啡；他用钢笔，她用原子笔；他吃辣子、馍馍；她吃巧克力、米饭；他骑脚踏车，她开轿车；他住三四十平方米的公家住房，她住自己贷款买的一百多平方米的电梯大楼；他谈文化大革命，她唱校园民歌；他说"干啥子"，她说"什么什么嘛"；他说自己的人生目标是"一个老婆几个娃，一个暖炕一头牛，一年吃一回腥，打一个饱隔，说吃饱了喝足了"，她说自己的人生目标是，实现自我拓展心灵了；他打不起国际长途电话，她就三天两头拔给他；他不能来台湾看她，她就一而再再而三地飞去看他；两人吃饭付费的时候，她担忧地看他数钞票。他一个月才赚一百多人民币，她的收入超过一万人民币，他却仍抢着要付账；出游的时候，男的热心打点吃的，包包里塞满糖饼干、水果、水壶，连茶叶都自备，一副准备逃难的样子，而她的名牌皮包连一个糖果也不肯装，为了保持身材她一向吃得很少。尽管有这么多不同，他们却觉得很有趣，矛盾越大结合就越大，不是吗？

他们希望结合，绝对希望——他对她说："我看到大海，就好像看到你的眼睛。"她问他："你看过大海吗？"他说："只看过北戴河。"于是，她在海边检了许多贝壳送给他，告诉他："希望有一天你会来台湾，我们可以一起去看海，大海跟北戴河是不一样的。"他听懂了，摘了几枝黄陵旁的扁柏叶给她，告诉她："让我们一起共度未来，希望你能在黄土高原上生根。"这算是他们的海誓山盟。

他们的恋情似乎可以圆满地结束。其实不然，首先是女方家里激烈地反对，大陆女子嫁到台湾，大家都认为是件好事，台湾女子嫁到大陆，好像即将陷入"水深火热"之中，于是全家充满革命气息。接着是谁来谁去的问题。女的说："你来吧！台湾的生活比较好。"男的说："还是你来吧！我只会吃大锅饭，听上级命令，不会挣钱，在台湾我一定会饿死。"女的说："那你换到南方企业单位工作，生活方式接近些，收入差距也不会那么大。"男的说："不成，我不要离开家乡，再说，请调也很难的。"女的说："那我出资给你开个店如何？两个人一起打拼。"男的马上露出对当个体户的鄙夷神态。女的说："那出国进修好了，也许可以再开拓另一条路。"男的说："出国好是好，不过我们这里都说：'年过三十不学艺。'"女的说："那我们到第三地发展好了，我可以出钱买屋创业。"男的铁铮铮地说："男子汉大丈夫，怎么可以让女人养。"一切都谈不拢，她只好说："那我们一起死好了，跳楼、吃药、割腕都可以。"男的说："死了还是没有解决问题，这里面问题相当大，再商量商量。"说到这里，她的心几乎碎了。她终于了解，她是大海的儿女，浪漫而爱好冒险，而他是黄土地的子孙，保守追求安定。她迎风洒泪，将机票投人大海中，而他却仍说："我会一直在这里等你。"

海能测量爱情的深度，也能考验爱情的弹性，多少的男女从海的那一岸飞来，又有多少的男女从海的这一岸飞去？现代的山盟海誓是多么具体又多么现实，那能实现盟誓的不用欢喜，那不能实现盟誓的也不用悲伤，因为大海像人与人之间的距离，又远又近，深不可测。

说到这里，我要离开海边了，因为海边是感伤之所在，梦寐之所在，海水与泪水多么相似，而它们却互不同情。❋

当铺

● 深雪

中年男人拥有一间当铺。

它位于繁华大街之尽头，人车往还，尘多烟浓。但当铺的一角却出奇的幽静，尘不进烟不熏，阵阵爽心凉意。这间当铺的出现，仿佛只是偶然，抑或只是一种幻觉。

但站在柜台后的男人却是实实在在的，你递上有价值的东西，他会把一叠厚厚的纸币推到你面前。本来现今社会经济发达，只要肯努力，没有找不到工作的道理，太平盛世，要愁的不再只是温饱。

按道理，当铺的生意应该很清淡。

无论时势变得怎样，经济状况如何，它总有一定的客路——

因为，它收受的不只是金银铜铁，它收受的是一切你愿意当的东西。

这一天，中年男人准备了一个直径八寸的玻璃瓶。他用高温把它消过毒后，以备下午使用。

中年男人想，那个客人今天必定会再来，他每一天都在等钱用。

他已经卖了他的股票，然后是公司，继而是汽车、古董、房子。三个月前他还卖了妻子、女儿，然后又卖他的儿子。

中年男人一直注视这人的存在。他计算过，这人会在破产后第四十七天来和他交易。

果然，他准时来了，带着一身一心的落魄。

下午三时，当铺的门被推开，破产的客人举步艰难地走进来。他面容憔悴，头发斑白，而且，左手和右脚没有了，被整齐地砍去，留下空空如也的衫袖和裤管。

中年男人让他先开口。他说："我还有什么值钱的？"

中年男人对这等情形司空见惯，淡淡地说："没有了。"

客人露出悲痛而绝望的神色，提高了嗓门："我把我的肾、肝、胆和左手、右脚都当了给你，如果不是你一件一件压我的价，我哪会变成这样子！"

中年男人怕烦，打断了客人的话，干脆告诉他："好吧，你还要当的话，便当掉你的心。"

那人一听，余下的一只脚忽然软了下来，他跪在地上，崩溃似的号哭起来。

三个月后，客人的债还清了，他拿着一叠当票，再次走到那沙尘不侵的角落，可是当铺却是重门深锁。

他抓在手里的一叠红色纸片，忽然变成白色，纸上的字也突然消失。

他张大了口。啊，典当了的赎不回来了。可怕的是，他连心也当了出去。

噼啪一声，他顿觉体内空空如也，人如橡皮，软软地滑落到地上，把一切都典当出去的人终于正式死掉了。

中年男人不记得他经营这所当铺有多少日子，心想没有一千也有八百年吧！

客人拿来典当的东西不外是心肝脾肺肾，又或是脑袋和性命，他收惯当惯，从没余下多少恻隐之心。

只是今天，他忍不住对那个十六岁的少女说："你好好想一想吧！"

少女却是固执非常："感情是最可有可无的东西，不用考虑了！"

中年男子摇了摇头，"我宁可人当掉你的肾，或者你一双耳朵的耳膜。"他翻看了一下他的电脑记录，又说，"不如这样吧，我们现在正缺少一把长发，如果你需要钱，开高点价钱给你……"

谁知少女却说："我知道感情的典当价值高，仅次于最心爱的性命。你知道吗，我当了感情给你，这一生便衣食无忧了。"

中年男人便只好带她走进密室，让她对着仪器倾注下感情，然后看着她麻木地离开。从今以后，喜怒哀乐将会与她绝缘。

中年男人望着她的背影，不禁心头一酸。他知道她今生将过得犹如植物人似的。

不知为什么，他对少女总是念念不忘，不是出于倾慕，而是他真心希望有朝一日，少女会来赎回她所抛弃的。

他清楚地知道这有违他的经营之道。千百年来，他把客人的器官、手脚甚至自尊、成就，乃至家庭、生命，一一在保管期间卖断给别人，以求新鲜热辣，得一高价。

但少女的一片感情，他却珍而重之地保存着，放在密室的保险柜内。

虽然纯真少女的感情价值连城，但动了恻隐之心的他宁愿少赚一笔也不肯出售。

也不知过了多少日子，他不停地把客人的眼耳口鼻及手掌大腿智慧福气收进卖出，夺取了别人身上的，巧妙地放到一掷千金的买家手里。

当铺开门关门，就是不见那要钱不要感情的少女的影踪。

渐渐地，他有点厌倦这收收卖卖的营生。

这阵子，中年男人心情特别愉快，每天总是笑眯眯的，对客人也特别友好和气，脸上的神情无时无刻不充满期待。

转眼，过了许多许多年。

当铺来了一个客人。

那是位六十来岁的老太太，衣着洁净朴素。她抱着皮包在当铺外犹豫良久，才轻轻走进。

老太太看到柜台后的中年男人，说："真的一点也没变，这里依旧幽谧，一尘不染，而你，和五十年前一个模样，现在，我比你老了。"

说完后，老太太递上当票。

中年男人一看，过去数十年的种种记忆一下子浮现起来。这老妇人就是五十年前那舍弃感情的少女，只有她有权拿当票回来赎回她曾嫌弃的。因为，这当铺拥有者只曾为她一人保留了赎回的权利。

现在他望着老去的她，却只有心酸和歉意。

"不在了。"他对她说。

她平静地问："不是可以赎回的吗？"

他望着她，没有回答。

她再问："你卖给了别人？"

他摇头。

她微笑。

"这可好，"她说，"这数十年来我吃得好住得好却不知喜悦，父母兄弟逝世，我不感伤痛，有人舍生爱我，我不懂感动。你不知道，这五十年来，我从没有真心地笑过一次呢。"

他垂下眼来。

"怎么了？"她说，"我付双倍的赎金好吗？"

他却对她说："从前，我也和你一样，不会怜悯不会同情更遑论动心。于是，我好奇地把你留下的感情看了又看——"

老妇紧张地望着他。

"最后，"他继续说，"我用了你的感情。"

刹那间老妇身处的当铺由下而上地在她身边蒸发，骄阳下只剩她立在尘土飞扬的大街之上。她不觉愤怒也没伤心，只是呆呆地站着，一如过去五十年她麻木地度过了一样。

此时从天上掉下来一张红色卡片，老妇人俯身拾起一看，居然是张请柬。红底金字这样写着："店东大婚之喜。"

老妇人看过后，仍旧是满脸满心的木然，这回她真的不知道，如何装出替他高兴。🐝

我知道，你也爱我

● 琦　君

　　一次偶然收看电视的一段童话短剧，非常有趣而且感人，故事是这样的：

　　小南西因为去参加好朋友的生日会，兴奋得忘了把玩具小老虎带去。正在兴高采烈中，她忽然想起来了，赶紧回来带它。小老虎半撒娇半抱怨地说："这是你第二次把我忘掉了。但我一点也不怪你。因为第一次是你去医院探望奶奶的病，心里着急。这一次是去参加好朋友的生日会，太兴奋，倒把我忘掉了。但我真高兴你终究想起我来，回来带我了。你并没有真正忘掉我啊！"然后他们拥抱着唱起歌来：

　　我们彼此有许许多多的话想说

　　我们谁也不会忘掉谁

　　你即使偶然忘掉我

　　我也不会怪你

　　因为我知道你爱我

　　歌词是那么的温厚，歌声是那么的婉转

　　然后主持人罗吉斯先生也对大家唱起歌来：

　　我们有许多方式去体谅一个人

　　有许多方式说："我爱你。"当你的好友偶然忘掉你时

当你的好友偶然忘掉替你办一件事时

你会说：我一点也不生气

一点也不怪你

因为——

我爱你

我知道——

你也爱我！

"忘掉了"，是匆忙的现代生活中在所难免的事。"忘掉了！"也是现代人在日常生活中最常说的一句话。这是指无心的忘掉，而不是故意的忽略。无论如何，人间最忘不掉的是朋友之间最最真挚的情谊，就好像童话短剧里的南西和她的小老虎。

但，另外一种"忘掉了"，是由于年龄增长，生理上的自然现象。就像我吧，查完一个英文生字，合上字典就忘掉了；偶然谈起多年不见的老同事或老同学，声音相貌都在眼前，就是想不起名字来。相反，几部旧电影名片的故事情节，主演明星的大名，却是如数家珍，一个不漏。真个是该记得的记不得，该忘掉的忘不掉，叫人好生气。

又有一种"忘掉了"，是属于心灵修养的，是要磨练自己忘掉，那就不容易了。有一位好友对我说："人要练自己能忘掉，而不是记得，脑子里、心里的事儿，愈少愈好。"

这就是所谓的"心如明镜台"吧！镜子之妙，就在于它的不留一丝痕迹，而照相软片都只能用一次，因为它已"着像"，抹不去了。

美国有句谚语说：To forgive or to forget。"这是指与别人有什么不愉快的事，你是原谅对方，还是根本忘掉？中国人有句话："不要气，只要记。"那就是"To forgive but not to forget！"我想"原谅"是儒家精神，"忘掉"却是道家境界，两者都不容易。苏东坡因得罪了朝廷，被贬谪到海南岛的蛮荒瘴疠之地，他却坦荡荡地唱着"海南万里真我乡"，自夸"谁似坡老，白首忘机？"这个"忘机"，就是把不愉快的事忘掉了，那岂是容易的吗？

于是细细体味好友对我说的那句话："要修练自己能忘掉，而不是记得。"好难，但得向这个方向努力去做。

古训说："人有德于我，不可忘也；人有负于我，不可不忘也。"这是儒家的伟大宽恕精神。

再想想那个童话短剧里的歌：我们有许多方式去体谅一个人有许多方式说："我爱你。"

那就是：对有的事要忘掉，对有的人要忘不掉！❋

泪珠与珍珠

● 琦　君

我读高一时的一篇英文课文，是奥尔珂德的《小妇人》，读到其中马区夫人对女儿们说的两句话："眼因流多泪水而愈益清明，心因饱经忧患而愈益温厚。"全班同学都读了又读，感到有无限启示。其实，我们那时的少女情怀，并未能体会什么忧患，只是喜爱文学句子本身的美。

又有一次，读谢冰心的散文，非常欣赏"雨后的青山，好像泪洗过的良心"一句，觉得她的比喻实在清新鲜活。不知愁的少女，总是写泪与愁的诗。看到白居易《新乐府》中的诗句："莫染红素丝，徒夸好颜色。我有双泪珠，知君穿不得……"大家都喜欢得颠来倒去地背。老师说："白居易固然比喻得很巧妙，却不及杜甫的四句诗，既写实，却更深刻沉痛，境界尤高，那就是：'莫自使眼枯，收汝泪纵横。眼枯即见骨，天地终无情'。"

他又问我们："眼泪是滚滚而下的，怎么会横流呢？"我抢先回答："因为老人的脸上布满皱纹，所以泪水就沿着皱纹横流起来……"大家听了都笑，老师也颔首微笑说："你懂得就好，但多少人能体会老泪横流的悲伤呢？"

人生必于忧患备尝之余，才能体会杜甫"眼枯见骨"的哀痛。如今海峡两岸政策开放，在返乡探亲热潮中，能得骨肉团聚，相拥而哭，

任老泪横流，一抒数十年阔别的郁结，已算万幸。"未老莫还乡，还乡
须断肠。"这也就是探亲文学中，为何有那么多眼泪吧！

说起"眼枯"，一半也是老年人的生理现象。我丈夫一向自诩"男
儿有泪不轻弹"，现在也得向眼科医生那儿借助"人造泪"以滋润干燥
的眼球。欲思老泪横流而不可得，真是可悲。

记得儿子幼年时，我常常要为他的冥顽不灵掉眼泪，儿子还奇怪
地问："妈妈，你为什么哭呀？"他爸爸说："妈妈不是哭，是一粒沙子
掉进她眼睛里，一定要用泪水把沙子冲出来。"孩子傻乎乎地摸摸我满
是泪痕的脸，他哪里知道，他就是那一粒沙子呢？

沙子进入眼睛，非要泪水才能把它冲洗出来，难怪奥尔珂德说"眼
因流多泪水而愈益清明"了。

记得有句诗说："玫瑰花瓣上颤抖的露珠，是天使的眼泪吗？"想
象得真美。然而我还记得阿拉伯诗人所编的故事："天使的眼泪，落入
正在张壳赏月的蚌体内，变成一粒珍珠。"其实是蚌为了努力排除体内
的沙子，分泌体液，将沙子包围起来，从而形成一粒圆润的珍珠。可
见生命在奋斗的过程中，是多么艰苦！这一粒珍珠，又何尝不是蚌的
泪珠呢？

最近听一位画家介绍岭南画派的一张名画，是一尊流泪的观音坐
在深山岩石上。他解说因慈悲的观音，愿为世人负担所有的痛苦与罪孽，
所以一直流着眼泪。眼泪不为一己的悲痛而为芸芸众生而流，佛的慈
悲真不能不令人流下感激的泪。

基督徒在虔诚祈祷时，想到耶稣为背负人间罪恶，被钉在十字架
上滴血而死的情景，信徒们常常感激得涕泪交流。那时，他们满怀感
恩的心，是最纯洁真挚的。这也是奥尔珂德说的"眼因流多泪水而愈
益清明"的原因吧！✿

爱的列车空亦满

● 潘人木

五十多年来，我最珍视的一件东西是我高中毕业的同学录，其中甚多唯有年轻人才写得出的离情。每次展读，心中都有海浪拍岸的澎湃。某同学写给一位绰号"火车头"的同学的赠言是："好你这个火车头，载着一车好东西开走了！"多么简单而丰富！一句话就是一首生命之歌。

慷慨的造物者给每个人一车好东西，内容可能稍有不同，基本上是差不多的。当时我也有一车好东西：青春、健康、智慧、亲人、朋友、很好的胃口、过得去的容貌。装得满满的人生列车，就这么自自然然地往前开。那时候若勉强说有什么人生观，大概是快乐的人生观。及至稍长，或遇高山，或遇急流，险阻重重，才知道这列火车不是一路顺利的，必须开足马力，添够燃料才能开过去，这个时期的人生观是奋斗的人生观。

然后有朝一日，发现列车的重量减轻了，这才恍然于造物者并非那么慷慨，他其实是诡诈的，在我的列车开出的同时，便伺机把他给我的好东西一样一样地取走：青春不再、健康日衰、亲人逝去、朋友远离，我的列车几乎空了。唯一他拿不走而仍留存的东西就是爱，以及由爱产生的一切；因为爱乃是自己所创造、所散发、所装载。爱之为物，有光、有色，绵延滋长。若自己不放弃，它可以源源不断，人生的列车永无空虚之虞。但此爱非单指男女之爱的情爱。我们女性的短处，常常是过分重视情爱，视为人生的唯一真实，它果然真实，却非唯一。视为唯一的结果，一旦失去，列车就会失去平衡，甚至翻覆也说不定。此处谈到的爱是指由诸般的爱汇集而生的工作之爱。这个阶段的人生观可称为爱的人生观。

由人生如朝露的观点看，年轻和年老实无多大差别。一个人心中无爱、自私、狂妄，虽年轻亦老迈；反之，虽老迈亦年轻，即使"前路日将斜"，也有"野花啼鸟一般春"的境界。❀

蜘　蛛

● 涂静怡

那是一个夏日的午后，天空突然下了一阵不算小的雨，夹带着风，一下子就把我窗前的那些盆花，淋得面目全非。泥水从花盆里向外溢，使铺着花砖的走廊，溅上了许多，也使原来十分清洁的小园子，立刻呈现出一副肮脏不堪的样子。

我提了一桶水，正想冲洗一下走廊。突然，在靠墙的地方，我发现了一只蜘蛛，它挺着鼓鼓的肚皮，正十分吃力地、从污染着泥水的地面朝干燥的地方爬。看到蜘蛛，我本能地有一种厌恶的感觉，便抬起脚来，想把它踩死。

我之所以讨厌蜘蛛，是因为无论在什么地方，它都会张起网来捕捉小虫。在窗棂上，在屋檐下，甚至于屋里的吊灯上面，大蜘蛛张着大的网，小蜘蛛张着小的网，蛛网上挂着小虫的残骸。无论是怎样整洁的房子，一有了蛛网，就会令人生厌，令人觉得这个屋子的主人不勤于打扫。可是那些蛛网，常常在头一天清除，第二天又出现了：它们是那样勤于和人缠斗，好像永远都除不掉，打不散似的。因此，每当我拿了扫帚，或是竹竿，清理隐藏在角落里的蛛网时，总是生气地想把它们赶尽杀绝。

我抬起脚来，心想，这一回，这只落难的蜘蛛是死定了；而它似乎也知道自己正面临生死关头。它略一迟疑，便拼命地挣扎着，艰难地向墙角里爬。

不知是一种什么意念，我抬起的脚竟没有踩下去。我看到它那样惊恐，那样吃力地爬着，顿然萌生了恻隐之心。我很快地挪开了脚，怔怔地注视着它，对于自己想弄死它的念头，反而感到不安起来。

我从小就喜欢小动物，平时，连一只小蚂蚁都不愿意随便加以伤害，何况是一只正在困难中挣扎的蜘蛛呢？

它奋斗的意志，是那样坚忍，单凭这一点，我便不该有伤害它的心理。无论如何，蜘蛛也是大自然中的一分子。虽然它不受人们的重视，可是它也应该有生存下去的权利。不是吗？它到处结网，原是和我们人类一样，只是为了经营生活，我怎能够对它心存厌恶呢？

于是我找来一根竹竿，把它从地面挑起来，送到干燥的地方。我这个举动，起先一定使它大为惊恐，它一定以为自己死定了，可是等我把它放到干净的地方，它又似乎有点迷惑起来的样子。我好像觉得它回过头来，奇怪地望着我，似乎是怀着感激的心情，然后便安稳地爬走了。我静静地看着它爬走的背影，那神态，使我心中忽然感到无比的舒坦。

夏天的雷雨是短暂的。雨过天晴后，空气特别清新，闷热也消散了。尤其到了傍晚，更是分外清纯美丽。那时候晚霞映照着我的屋子，走廊上洒满淡淡的金黄。我怀着满心的喜悦，站在走廊上欣赏着这难得的傍晚景致。

突然，我抬起头来，看到屋檐下又新结了一个蜘蛛网。蛛网在夕阳的光辉映照下，是那样明显：那织着多角形的网，由疏而密；有着鼓鼓的肚皮的蜘蛛，坐在中央，它偶尔动弹一下，蛛网便在夕阳中微微晃动，显示出那是一个多么安适而优羡的处所。

我凝神注视着蛛网，心中想着，不知道这只蜘蛛是否就是我本来想要把它弄死的那一只？如果是，那它真是够幸运了。它原该死在我的脚下，却由于我一时的怜悯，使它得以逃生。也就因为这个缘故，我现在对于蜘蛛，反而会用欣赏的眼光来看它。其实，蜘蛛织的网，点缀在屋檐下，只要你肯用另一种眼光，从某种角度去欣赏，它将会是一幅最原始而且优美的图画呢。

　　不知道为什么，我以前只看到蜘蛛会令我讨厌的一面，从没有发现它也有可爱的一面呢！它那不屈不挠的精神，那巧妙织成的网，在满天晚霞的衬托下，是多么动人啊！大自然里隐藏着纯洁和恩惠，我竟然都把它给忽略了。直到这一刻，我才深深地领悟到：原来太阳、风雨、草叶、昆虫……全都是造物主为了愉悦我们而安排并使其存在的，问题只是看我们持什么样的心情和角度去欣赏，如何去发现和爱惜它罢了。❀

谁在惦记着你

● 刘继荣

快下班的时候，我无缘无故地喷嚏连连。同事说，谁在惦记着你呢？

窗外没有阳光，天空是制服般的冷灰，连微笑也是公式化的，谁在惦记着我呢？

谁会惦记着你所在的那个城市的气温，谁会惦记着你很久以前说过的一句话，谁会惦记你是不是开心，又是谁惦记着在深夜里发一个短信给你？

想起一个人，一个许久没有联系过的朋友。

她曾经说过我不美丽、不勤劳，也不勇敢，可是我善良，我是她从任何搜索引擎上也搜不到的好友人选。

上大学时，她在我的下铺，不爱说话，每次我感冒都会从下面缓缓升起一个杯子，是我最讨厌的温吞白开水，然后是更令我厌恶的各种颜色的药片，喝光水，把药片就顺手夹在床头一本同药一样枯燥的书里。后来，我偶尔打开那本书，里面黄黄白白的小药片，那么精致而玲珑，那些经年的药片，像是当时没有认真看后来才读懂的留言，整本书都有清淡的药香，一下子，鼻子酸，眼睛也酸，忽然就有了感冒的症状，才知道，感冒实在是一种幸福的滋味。

日子如流水一样地过，奔波在烟火红尘里，永远地忙忙碌碌，不知不觉间，我们在人海里走散了，失去了彼此的消息，可是我仍然牵挂着她，相信她也一定会惦记着我。那些曾经从心底开出的花儿，在匆匆的流年里会老去，所有的花瓣都飘散之后，却留下了一粒粒晶莹的种子在某一个不能预见的日子，繁花会开满光阴的两岸。

窗外已经开始飘雪，细而碎的沙粒一般的雪，满天满地无处不在。也许惦记着我的是年迈的双亲吧？他们打电话来永远是那几句话：家里都好，你很忙，不要惦记他们。可是他们却一直一直地惦记着我。

雪大起来了，大片的雪花，旋转着飘飞着，落下来，落下来，纤巧的娇憨的落花，厚厚地堆积着，它傻傻地只会爱，所以才不会碎、不会痛。

"刘继荣,刘继荣！"谁在大雪里锐声叫着我的名字。我连忙答应着，随即一个小小的身影冲了过来，我的儿子已经泣不成声："你的手机怎么总联系不上？预报今天有寒流，有大雪，我一直以为你跌倒在雪地里，你怎么会这样？刚才我喊妈妈，那么多妈妈都跑过来，我只好叫你的名字了。"自从我生一场大病之后，他常常是天气预报的热心小观众，关照我添减衣服，而且关照好自己不要感冒。有时候他絮絮叨叨地告诫我的时候，我真的会怀疑他是不是只有十岁。

"要过马路了，小心车。"那么熟悉的声音。

我过马路的时候，永远都是让人担忧的心不在焉，最早是父母无数次地叮嘱我，并且不辞辛苦地送我去学校。后来在外地上学的时候，总是好朋友挽住我的臂，和我一起过去。再后来是老公紧紧抓住我的一只手，现在他到外地工作了，我的孩子又抓住我的手。他第一次焦灼地喊的是："汽车小心啊，快让开！我妈妈要过马路了！"仿佛我是一辆坦克，一不小心就会把别人的车撞坏。他喊得那么响，匆匆过往的行人，淡漠的脸上都有了明亮的笑意。

北国的寒风是锐利的，儿子拿出一条长长的红围巾给我系上，那是他亲自为我挑选的。路灯亮起来了，数不清的雪花舒展着玉色的小翅膀，满世界地飞舞，我们仿佛走在涌动的花海中，整个天地间都是令人恍惚的落了又开的繁华。❉

花香，逃不出爱的手心

● 刘继荣

躺在病床上的时候，看一切都像生了病，自己没有力气走路，便感觉什么都不会走路。你看窗外的树，站了多少年，眼睁睁看着一树的青翠繁华，转瞬间凋敝冷落，看看这棵树，就像看到了自己。

孩子来了，他永远是开开心心的，他还不知道医生已经宣布，妈妈可能要永远躺下去，如果没有奇迹发生的话。

他一忽儿跑进跑出，没有一刻闲着。小小的脸上总有几道带泥的汗迹。

他拿着我的杯子，那是一只很精致的杯子，杯盖是淡蓝色的，里面藏着一个翠蓝的贝壳，仿佛藏着一小角凝固着的秋日的天空。

"妈妈，我给你捉了一只蝴蝶来！"蝴蝶在杯子里挣扎着，样子很狼狈，美丽的翅膀处处碰壁。

"妈妈，我给你摘了一朵花来！"花儿是白色的，在空杯子里躺着，杯子如同一张透明的网，网住一朵灰白的预言。

"妈妈，我给你把秋风捉来了。"他轻轻把杯子放在我的耳边，小心翼翼地打开盖，"你听，风的声音，是秋风。"

可是杯子里真的什么也没有，空空的，是空空的啊。风把一切都带走了，它自己又怎么肯留下来呢？

"妈妈，我给你把阳光捉来了。"杯子贴住我的手心，有微微的暖意。"你闻一闻，跟去年的阳光是一样的味道。"

我想起去年秋天，我穿着几乎及地的长裙，行走在秋风里，满树萧萧的秋风，满天飘荡的白云，远处是堆雪的天山。我用尽全力去推他的手，推开那只比梦还空的杯子。

孩子跑了出去，蝶舞、阳光、花香、秋风，还有整个秋天都随他一道跑了出去，可是，我却无力去追，屋子里只有我和一地的杯子碎片。过了一会儿，孩子飞快地跑进来，眼睛里还是湿的，可是却有一种奇异的光彩："妈妈，你的病快好了，你已经有力气推人了！"是吗？我大吃一惊，是啊，为什么我刚才没有意识到呢？我居然能够有力气推开孩子！那些碎片向我证明刚才的一切都是真的。那个杯盖没有碎，里面有一小角秋天明朗的天空，蓝蓝地凝固着，犹如一个单纯的笑。

一场大雪之后，我终于可以扶着孩子的手走路了。

大朵大朵的雪花在我的周围开放，我感觉那些花儿是从我的头发里开出来的，是从我的手指间开出来的，有阳光的味道，有花香的味道，有你在平淡而艰难的人世间体会到的一切味道。

轻盈的蝴蝶逃得真快，飘逸的花香逃得更快，等你听到它们的笑声时，已经没有了影子。越美丽的东西逃得越快，可是它们终究逃不出爱的手心，因为爱是一切美的归宿，它们迟早要回去。而那个小小的手心，小小的地方，就是爱逃不出的家园。❧

亲人节快乐

● 刘继荣

刚坐上轮椅的时候，医生尚笑呵呵地打趣，你最多只能享受三周。

可是三个月后，他无奈地劝我转院，再后来，医生都嘱咐我回家休养。

亲友的问候渐稀，老公去野外搞地质勘探了，就连一直拿我当宝贝的儿子，也一天天淡下来。

就这么挨到二月，风变得软起来。儿子推我去广场，广播里正唱着《吉祥三宝》，真羡慕那个丰腴健硕的妈妈，想必她到了八十岁还能健步如飞吧？不像我，三十几岁就坐在轮椅上了。

儿子兴致勃勃地问：情人节送什么礼物好？

我漫不经心作答：那要看对方喜欢什么，如果是心爱的，一句话、一首歌也是好的。说完才觉惊骇，他刚上一年级，居然提出这么富有挑战性的问题，不禁想起上学期他曾说与一小女生相爱，我问，怎么爱？他答，我们下课后一起在草坪里找灵芝草，给妈妈治病。现在，灵芝草没找到，居然懂得过情人节了。

忽然间，在淡金色的晚霞里，一首英文歌响起来，我不禁感慨，人长耳朵，就是为享受这样美的声音吧！儿子动容。

回家后，儿子替我按摩。他见过名医方大夫为我做按摩，手法倒是学得有模有样，可力度太差。方大夫技艺高超，可收费也超高，因此中断治疗。窗外传来孩子的笑闹声，我发现儿子心不在焉，顿时心生黯然，命他快快去玩。

第二天黄昏，竟然又听到那首歌，是洒水车上传出的，一时间，只觉得漫天繁花落了又开，连时光都湮没了。回过神来，才发现儿子早出去了。

钟点工临走时提醒我说，一个寒假儿子日日在闹市区出没，那一带网吧颇多，里面未成年人也很多，要我千万管紧孩子，她说她的儿子就是在网吧里毁了的。我心里百味杂陈，酝酿着如何同儿子谈。

可儿子似乎总是很忙，没等我谈到正题，他就像鱼一样溜了。是的，外面春日融融，谁耐烦整日对着一张蜡黄的面孔。

每一次，听着楼道里咚咚远去的足音，每一步，都似踩在我心上。

想起从前他寸步不离地守候着我，小朋友叫去踢足球、堆雪人也一概不理，如今，怯得连边都不肯沾了。

长叹一声，吃药吧，这一粒吃掉的是老公的轿车车灯，那一粒咽下的是儿子模型飞机的翅膀，家人的梦想悉数掉进我胃里。若干年后，如果我仍稳坐轮椅，那个小女生还会勇敢示爱吗？一时间，忍不住泪流满面。

突然，气喘吁吁的儿子冲进来：嘿，妈妈，情人节快乐！我惊呆了，捧着他递过来的礼品盒不知所措，儿子一迭声地催我拆开，是一张唱片。他替我放进了 CD 机里，音乐水一般漫过来，正是我最爱的那一首。

我哭笑不得，原以为这礼物是送给那个小女生的，现在居然给了我！望着那张汗津津的脸，纵有千个疑问我也只能咽下。

傍晚，儿子又推我出去，他指着华丽的橱窗得意地说，哈，我又找到一个错字！顺着那手指望过去，花团锦簇的五个大字：情人节快乐。哪里有错？

见我疑惑，他急忙用手指在我手心画着：是亲人的"亲"，不是事情的"情"，明天我要告诉老师去。原来是这样，他一直以为是亲人节，所以误把礼物给了我。

这时，一个陌生的中年人朝我们走过来，他很友好地问："小朋友，你找到了吗？"儿子回答："找到了，谢谢叔叔。"我诧异地望着他们。

那人说，他是负责在广场播放音乐的，有天晚上儿子去找他，询问下午放的一首英文歌的名字，他说妈妈喜欢听，想问到名字后去买给妈妈。一下午放了那么多唱片，哪里能记得清呢？于是把所有的英文歌拿来一首首试放，最终也没有找到，但他却记住了这个执着的小男孩。

洒水车过来了，开到我们身边缓缓停下，一个年轻人探出脑袋笑着问："找到了吗？"

原来，那首叫作《斯卡布罗集市》的英文歌，正是这位司机帮助找到的，他也一直惦记着这个倔犟的小男孩，惦记着他能否买到唱片。

洒水车开走了，我们继续向前，路边一个老太太在卖音像制品，她笑眯眯地问儿子："找到了吗？"我与儿子一道感激地回答："找到了！找到了！"声音里竟有了微微的哽咽。

回到家，惊异地发现方大夫立在门口，赶紧请进老人。他一语惊人："我是来求医的，自从你停止治疗后，这孩子天天站在诊所窗外，观察模仿我的按摩动作。他很懂事，外面下雪，叫他进来也不肯。为此我心律不齐，泪腺失控，常常失眠，想到孩子就要开学，再这样下去会影响功课，我更要病人膏肓了，希望你能答应我，从明天起我们相互免费治疗。"

我终于知道，我的孩子没有去网吧，也从来没有冷落我，他一直都不曾放弃对那棵灵芝草的寻找。反复地听那首歌，我不知道，有多少人被这个痴痴的孩子所感动，可我知道，这份礼物，足以温暖一个母亲的一生。

第二年的深冬，我离开了轮椅，方医生拒绝了我的谢礼。他微笑着说，去年春天，您的孩子曾送了我一份最好的礼物。✤

神仙故乡

● 陈幸蕙

看云的妙处，或许便在这一个"忘"字吧！

有多久的日子，我们不曾再举头看云了呢？当我们在现实的泥沼举步维艰，当我们在效率挂帅的时代奔波竞逐，当我们在城市钢筋水泥的森林低首疾行，有多久我们竟忘了头顶上，有这么温柔曼妙的东西，由微风所放牧，日复一日，以新情节、新图案翻版；日复一日，以即兴的方式，做戏剧性演出？

我们忘了看云，我们遗落了许多闲适的心情，我们失去了许多凝眸玄想的乐趣，那真是生活的一种损失。

当我们看云的时候，专注的神采里，往往有广大的和平，那也常是我们脸上表情最舒缓自然的时候。随着云朵的幻化飘移，不论在山巅，在海滨，在辽阔的草原，在狭窄的阳台，在陋巷的沟边，或在囚室高不可攀的小窗下，我们都很容易自人间种种难以理清的纠葛中游离出来。许多抓紧的、执着的、无可释放的怨憎伤痛，也都在此时淡了，远了，松了，舒展了、抚平了，消失了。我们的心情，或宁静，或高远，或悠闲，或天真，既不悲也不喜，既不高潮也不低潮，少年时候纯洁清朗的特质仿佛重临。在一张凝视云影的脸上，我们看不见纠结的眉头，狰狞的目光；找不到冷漠的表情，谄媚的神色。所有这些现实世界的丑陋与武装,似乎全在我们读云的面貌中,被遗忘了。看云的妙处,或许便在这一个"忘"字吧?

我们忘了看云,便忘了生活之中最重要的一种"忘"——忘我,于是熙熙攘攘的人生,就如何也潇洒淡泊不起来了。

清隽无言而永恒的去,其实就是我们仰首之际,所能读到的最好的诗篇、散文、小说和戏剧啊。

在成丝、成缕、成筐、成匹或成汪洋的云的卷帙里,我们可以取之水尽、用之不竭地寻回失落的记忆,获致温柔的寄托,开始绵密的思考,发掘艺术创作的灵感题材,任想象的羽翼到处飞翔。

虽然,天地不仁,草木无情,宇宙浩瀚荒寒,人类生命永远只是电光石火的瞬间存在,但当渺小的人类,以看云那样活泼有情的眼光,去看待天地洪荒时,广漠的宇宙,在一个遥远而名叫地球的角落,终还是亮起了温暖美丽的光芒。❁